AMAYA LOWELL

DON'T LOOK BACK

EINE REWIKAN EMPIRE GESCHICHTE
DIE BEGINNER TRILOGIE BAND 1

Verlag: BoD · Books on Demand GmbH

Überseering 33, 22297 Hamburg, bod@bod.de

ISBN: 978-3-7693-6896-3

Druck: Libri Plureos GmbH, Friedensallee 273, 22763 Hamburg

1. Auflage, Juni 2025

Coverdesign: Mariella Lowell

Illustrationen: Selin Junger

Dies ist ein Werk der Fiktion. Namen, Figuren, Orte und Ereignisse
sind frei erfunden. Jegliche Ähnlichkeit mit lebenden oder
verstorbenen Personen oder tatsächlichen Begebenheiten ist rein
zufällig.

Folge der Autorin:

Instagram: @amayalowellauthor

TikTok: @amayalowell

Website: bio.site/lowellworld

*Für diejenigen die einfach mal ihren Bedürfnissen
nachgehen wollen.
Ohne Konsequenzen.*

Mix-CD

Folsom Prison Blues - Johnny Cash
So Anxious - Ginuwine
Play That Funky Music - Wild Cherry
Sex & Candy - Marcy Playground
The Way You Make Me Feel - Michael Jackson
Kiss - Prince
Do You Wanna Touch Me (Oh Yeah) - Joan Jett & the
Blackhearts
I Love Rock'N Roll - Joan Jett & the Blackhearts
You Give Love A Bad Name - Bon Jovi
What a Girl Wants - Christina Aguilera
Waterfalls - TLC
I Touch Myself - Divinyls
Proud Mary - Tina Turner
Sex on Fire - Kings of Leon

Wake Me Up Before You Go-Go - Wham!

This Is How We Do It - Montell Jordan, Wino

Stop - Spice Girls

8

Anmerkungen

Warnhinweis: Dieses Buch enthält möglicherweise Inhalte, die nicht für alle Leser:innen geeignet sind. Es umfasst düstere Themen, explizite Szenen und psychische Probleme. Leseempfehlung ab 18.

Don't Look Back ist eine Kurgeschichte im Rewikan Empire gehört nicht zu einer der Hauptreihen, kann dementsprechend als Einzelband gelesen werden.

Es spielt in Asheville, einer kleinen Stadt im US Staat North Carolina.

Auf der Seite 221 findest du eine detaillierte Liste mit dem Inhalt - potentielle Spoiler!

Ganz viel Liebe,

Amy

Freiheit

1
Kassetten aus Krawatten

Marra

Ich stapfe mit meinen Cowboystiefeln, einer Jeans mit Bootcut, einem vollen Korb und einer erhobenen Hand vor den Augen durch das hohe Gras.

Mein wunderschöner roter, und unheimlich teurer, '98er Dodge Ram 1500 Quad Cab ist am Straßenrand geparkt und wird von der untergehenden Sonne in ein wunderschönes Licht aus rot, gelb und orange getaucht.

Mein Vater hat mir bei der Wahl meines eigenen Autos nicht besonders viel Spielraum gelassen.

Erst bin ich seinem alten K5 Blazer gefahren, da er nach meinem Highschool Abschluss nicht genug Geld hatte, um mir ein »Mädchenauto« zu kaufen.

Seine Worte, nicht meine. Aber als es dann soweit war und ich mir mein erstes eigenes Auto besorgen sollte

- hat er für mich entschieden. Er war der Meinung, der Dodge passe perfekt zu mir: rustikal, zuverlässig, ein paar Kratzer aber geliebt. Und ich weiß bis heute nicht, ob das ein Kompliment oder eine Beleidigung sein soll.

Aber mein Dad hatte recht, ich liebe meinen Dodge. Er hat ein graues Stoffpolster und riecht vom Vorbesitzer noch immer ein wenig nach Zigaretten, das Fensterkurbeln kann zwar anstrengend werden aber es lohnt sich immer wieder, wenn anschließend der Wind durch meine Haare weht. Aber am Besten gefällt mir der grollende Sound, wenn er startet - manchmal braucht es auch mehrere Anläufe.

Seufzend lasse ich mich auf dem Fahrersitz fallen, ziehe die Tür zu, die quietschend ins Schloss fällt und schiebe eine neue Kassette ins Deck - *Johnny Cash* mit »Folsom Prison Blues« - und lasse den Motor aufheulen.

Mein kleiner roter Panzer, nicht besonders schön aber meiner.

Bevor ich losfahre stelle ich den Korb sorgfältig auf der Rückbank ab und überprüfe noch einmal, ob ich alles habe.

Mit den gesammelten Blumen kann ich Kränze für Miss Jolly machen, die mich für den Geburtstag ihrer Enkelin gebucht hat. Mein kleines Handwerk verkauft sich gut, wenn auch anfangs nur schleppend. Ich bin froh, dass ich in der Nähe des Waldes wohne und genug Ressourcen habe, um die meiste Zeit klarzukommen und nichts nachbestellen zu müssen.

Ich fahre nach Hause, wo Leo - mein Kater - bereits schnurrend und miauend auf mich wartet und als ich in der Küche ankomme lege ich die nächste Kassette ein, sodass »So Anxious« von *Ginuwine* durch mein Appartement schallt.

Summend räume ich die Sachen auf, die ich heute Morgen kreuz und quer liegen gelassen habe, gebe Leo ein paar Leckerlis und gehe dann zu meinem winzigen Kleiderschrank. Einen schlimmeren hätte ich mir wirklich nicht aussuchen können. Aber bevor ich in mein neues Appartement gezogen bin, habe ich in einer winzigen Wohnung in Asheville gewohnt. Mit einer Mitbewohnerin.

Aus Asheville wegzuziehen und etwas Süßes und Kleines in der ruhigen Stadt Weaverville zu finden, ist die beste Idee gewesen, die mir in den Sinn gekommen ist. Asheville ist zwar auch sehr ruhig und naturverbunden, aber es herrscht dort mehr Trubel als hier.

Heute ist jedoch unser jährliches Klassentreffen, bei dem alle die Zeit finden, sich zu versammeln. Meistens sind diese Treffen total lahm und reine Zeitverschwendung, aber ich tue sie mir trotzdem jedes Jahr aufs Neue an.

Und deshalb brauche ich etwas Anständiges zum Anziehen.

Leo kann den Abend alleine verbringen und ich vermute, dass ich so oder so nicht lange weg sein werde.

Alte Schulpartys sind immer öde.

Als ich das Haus verlasse, trage ich ein auffälliges Falten-Top in einem hellen, sommerlichen Gelb, das meine Sonne geküsste Haut leuchten lässt. Es ist figurbetont und endet knapp über meiner Taille, dazu habe ich kurze, dunkelblaue Shorts kombiniert, die für einen Abend in einem Restaurant zwar schick aussieht aber nicht zu übertreiben aufgetakelt ist. Meine weißen, hohen Stiefel verleihen meinem Outfit den letzten Schliff und ich fühle mich seit langem mal wieder richtig selbstbewusst. Es kommt nur selten vor, dass ich mich für etwas hübsch mache aber selbst mein Gesicht ist mit frostigem Lidschatten und zartrosa Lippenstift geschmückt. Meine Haare fallen in sanften Wellen über meine Schultern und ich trage selbst Ringe und Armbänder. Ich hoffe, dass ich nicht zu überladen und extrem aussehe, aber ich schätze einige alte Klassenkameradinnen werden um einiges schlimmer aussehen. Eines darf allerdings nicht fehlen: meine Tasche, in der mehr Krimskrams zu finden ist als in der Nachttischschublade meiner Großtante Rose. Sie ist nicht perfekt - von Lippenbalsam bis hin zu zerknüllten Quittungen und alten Haarspangen - aber deswegen passt sie zu mir.

Wahrscheinlich genauso wie der Dodge.

Die Fahrt dauert nicht lange, nur etwa 15 Minuten, dann stehe ich schon vor dem Restaurant, in das ich heute Abend eingeladen bin.

Die Erinnerungen an meine Schulzeit schwanken zwischen Frustration und Humor.

Vor der Eingangstür versammeln sich bereits kleine Gruppen, und mir fallen Leute auf, die ich lieber nicht sehen würde.

Aber ich erkenne auch meine alte Schulfreundin Elara, eine westeuropäische Schönheit mit kurzgeschnittenem braunem Haar, gebräunter Haut und schokoladenfarbenen Augen.

Seufzend steige ich aus, ziehe meine Tasche hinter mir her und begrüße meine alte Freundin.

Sie erzählt mir von ihrem neuen Job in Chicago, von dem Mann, den sie dort kennengelernt und geheiratet hat, der aber heute leider nicht hier sein kann - es gibt zu viel zu tun auf der Arbeit. Ich unterhalte mich auch kurz mit ein paar anderen, Owen, ein alter Klassenkamerad und humorvoller Typ, setzt sich neben mich, als wir unsere Plätze im Gemeinschaftsraum des Restaurants finden.

Sein blondes Haar hängt ihm ein wenig in die Augen und er fährt sich immer wieder mit den Fingern durch die Haare, wie ein unkontrollierbarer Tick, während wir über die letzten Jahre in Asheville sprechen. Er hat sich vor wenigen Wochen von seiner Frau scheiden lassen und das Sorgerecht für seine beiden Söhne übernommen, die heute bei einem Freund untergebracht sind.

»Und du?«

Die Frage trifft mich unvorbereitet. Er weiß, dass ich nicht mehr in dieser Gegend wohne. Als ich umgezogen bin, hatte ich gehofft, dass sie denken würden, ich würde es wegen eines Mannes tun.

Das ist aber absolut nicht der Fall. »Ich habe einen kleinen Event- und Partyservice eröffnet und mir einen Kater zugelegt«, beginne ich, »er heißt Leo.« Ich komme mir sofort wie ein zurückgebliebenes Kind vor, aber Owen lächelt mich sanft an. Ich nehme an, das ist besser, als eine gescheiterte Ehe zu haben und ein alleinerziehender Vater zu sein.

Als das Essen serviert wird, schaue ich durch die anderen Tischreihen und bemerke drei Männer, die feiner und teurer gekleidet sind als die anderen. In diesem Moment fühle ich mich seltsam in meinem Outfit.

Ich schaue genauer hin und erkenne sie.

Die Anzüge müssen teuer sein. So wie sie die weißen Ärmel ihrer Hemden hochgekrempelt haben und eine Krawatte um den Hals tragen... sie sehen aus, als ob sie nicht von hier wären.

Aber ich weiß es besser - ich bin viele Jahre mit ihnen zur Schule gegangen.

Layton Reed, Jasper Bailey und Valerian King.

»Sie sind mir auch aufgefallen«, sagt Owen und beugt sich zu mir rüber, »seltsam, oder?«

Sie sind seit Jahren nicht mehr auf einem Klassentreffen aufgetaucht. Seit sie Asheville den Rücken gekehrt haben, haben sie sich nicht mehr blicken lassen. Warum sollten sie auch? Offenbar haben sie sich etwas Großes aufgebaut.

Dana, das Mädchen, das wie in alten Schultagen neben mir sitzt, mischt sich in das Gespräch ein und beugt sich zu uns hinüber. Mit ihrer Gabel an der Lippe beginnt sie zu grinsen. »Hin und wieder stehen sie in der lokalen Zeitung - sie haben es wirklich zu etwas gebracht und eine Menge Geld verdient.«

Der restliche Abend vergeht ruhig, alte Geschichten werden ausgepackt und es wird in Erinnerungen geschwelgt, als wäre es erst gestern gewesen. Owen und Dana zanken und provozieren sich hin und wieder, aber es ist unterhaltsam und lustig. Damals waren sie genauso.

Ein paar alte Mitschüler halten eine Rede und ab und zu wird uns etwas Neues vorgesetzt, wobei auch ich bei jeder Gelegenheit mein Glas nachfüllen lasse. Ich kann es nicht vermeiden, zu den drei Männern hinüberzuschauen, die sehr introvertiert zu sein scheinen. Sie plaudern nur hier und da mit Leuten in ihrem Sitzbereich und konzentrieren sich ansonsten auf das Essen und das Programm, das in der Mitte des Raumes angeboten wird. Wenn es keine Reden sind, dann gibt es kleine Tanzeinlagen und Spiele, die wir früher gespielt haben.

Ich halte mich dabei schön zurück und bleibe an meinem Stuhl kleben. Außerdem ist es von meiner Position aus sowieso viel einfacher zu beobachten.

Layton und ich haben uns früher gut verstanden und waren privat sogar eng befreundet. Je älter wir wurden, desto weiter haben wir uns voneinander entfernt, aber wir sind durch die Schule in Kontakt geblieben und haben oft miteinander geredet oder gescherzt.

Mit Valerian und Jasper hatte ich allerdings nur kaum etwas zu tun. Abgesehen vom

Informatikunterricht, den ich mit allen dreien genießen konnte, kannte ich Jasper und Valerian nur aus dem Erdkundeunterricht.

Ich lecke mir über die Lippen und nehme einen weiteren Schluck von dem Champagner, den sie uns anbieten.

Nachdenklich und in alte Erinnerungen versunken, beende ich mein Dessert, als der Stuhl neben mir zurückgezogen wird und Layton sich neben mich setzt. Sofort beginne ich zu grinsen. Er hat immer noch sein erdbeerhonigblondes Haar, das sich leicht kräuselt, und die bernsteinfarbenen Augen.

Als mein Blick von seinem spitzen Lächeln hinunter zu seinen Händen wandert, fällt mir der silberne Ring auf, den er früher schon immer getragen hat. Er sieht anders und vertraut zugleich aus.

Ein bisschen breiter und größer, straffer und ernster.

Verdammt attraktiv.

Eine sanfte Wärme steigt in meinen Wangen auf, als ich das Funkeln in seinen Augen bemerke, als er mich ansieht. Wie lange ist es her? Viel zu lange, und seltsamerweise fühlt es sich an, als wäre er nie weg gewesen und als säße er jeden Tag neben mir. Gleichzeitig raubt es mir die Fähigkeit, richtig zu atmen.

»Wir haben uns lange nicht mehr gesehen, Mar.« Als er mich bei meinem alten, inzwischen ausgestorbenen Spitznamen nennt, wird mir warm ums Herz, aber ich erwidere sein breites Grinsen. »Sieht aus, als hättest du eine schöne Zeit gehabt«, sage ich und er nickt schwach.

Er fährt sich mit der Hand durch die Haare und blinzelt ein paar Mal. »Ja, wir haben die Zeit gut genutzt. Es ist schön, dich wiederzusehen.«

»Das hoffe ich doch, wer freut sich denn nicht, mich zu sehen?«

Ich kann nicht umhin zu bemerken, dass die anderen am Tisch von Zeit zu Zeit einen Blick auf uns werfen, und Jasper und Valerian scheinen mich auch bemerkt zu haben, aber sie bleiben auf ihren Plätzen sitzen.

Layton geht auf meinen Scherz ein und zwinkert mir zu.

»Natürlich bin ich nur wegen dir hier, liebste Marra. Die letzten Jahre waren sehr einsam ohne dich.«

Mein Herz klopft gegen meine Brust, obwohl er es nur als Scherz sagt.

Es ist nur ein Spaß.

Ein Witz..

»Es muss wie ein Entzug gewesen sein«, fahre ich fort, und Layton lacht laut auf. Sein Mund verzieht sich auf dieselbe Weise wie früher, nur kontrolliert, doch sein Oberkörper bebt, als würde er es ein wenig zurückhalten wollen.

Dann schüttelt er den Kopf. »Du hast dich überhaupt nicht verändert, Marra.«

Ich zucke mit den Schultern. »Die einzig Wahre.«

Ich genieße es, wieder mit ihm zu scherzen und ein paar Neuigkeiten auszutauschen. Ich frage ihn nach ein paar alten Bekannten, mit denen er wahrscheinlich mehr zu tun hat als ich, und als er sein Wasser ausgetrunken hat, verabschiedet er sich höflich von mir und geht zu seinem Platz zurück.

Dana schleicht sich langsam zurück, nachdem sie von der Toilette zurückgekehrt ist, und wirft mir einen verschwörerischen Blick zu. »Was hatte das denn zu bedeuten?«. Sie weiß, dass es zwischen mir und Layton einmal gefunkt hat, als wir noch viel jünger waren, aber daraus ist nie mehr geworden.

Seine Augen haben meine Knie schon immer weich werden lassen, genau wie sein freches Grinsen und sein liebes Wesen. Ich erinnere mich, wie ich mit meinem Kopf auf seiner Brust lag und er mit seinen Fingern beruhigend über meine Haare gestrichen ist, als ich bekifft und müde war, während wir die Zeit mit Freunden genossen haben. Alle haben sich ein Zimmer gesucht, aber ich bin zu ihm ins Bett gekrochen und wir haben die ganze Nacht lang geredet.

Das war das erste und letzte Mal, dass wir uns so nahe gekommen sind.

Mit vor innerer Hitze geröteten Wangen verbringe ich die nächsten Minuten damit, das Gespräch zwischen Dana, Owen und mir auf etwas anderes zu lenken und Laytons Blicken auszuweichen. Ich frage mich, ob er sich daran erinnert.

Als sich immer mehr Leute zum Gehen bereit machen, stehe ich von meinem Stuhl auf und verabschiede mich von meinen alten Freunden. Es war schön, sie wiederzusehen, und ich muss zugeben, dass der Abend gar nicht so schlecht gelaufen ist, wie ich erwartet hatte. Er war auch nicht annähernd so langweilig wie die letzten Male, denn dieses Mal hatten wir einige spannende Gäste.

Ich werfe einen Seitenblick auf Laytons Platz, stelle aber fest, dass er nicht mehr da ist, auch Valerian nicht, und nur Jasper sitzt da und starrt auf sein kleines Tastenhandy.

»Vielleicht, wenn du Lust hast, können wir uns ja jetzt öfters sehen?« Ich wende meinen Blick zu Owen, der sich allmählich auch fertig macht, um zu seinen Söhnen nach Hause zu gehen. »Ja, wieso denn nicht. Gerne«, nehme ich sein Angebot an und umarme ihn ein letztes Mal, ehe ich mich zum Ausgang des Saales begebe.

Gähnend gehe ich durch den geschmückten Flur, bedanke mich im Vorbeigehen bei den netten Kellnern von heute Abend und stoße dann seufzend die Tür auf.

Ich wische mir das Gesicht ab, gehe die wenigen Stufen hinunter und erschrecke zu Tode, als ich den Mann sehe, der mir hungrig und finster in die Augen starrt.

2
Der Basketballspieler

Marra

Valerian hat inzwischen seine Anzugsjacke ausgezogen und sie über den Sitz der schwarzen Harley gehangen, an die er sich lehnt und raucht.

Dabei betrachtet er mich, als würde er ein Rätsel lösen wollen, und legt den Kopf schief, was dazu führt, dass sich mein Magen auf den Kopf stellt und ein paar Loopings dreht.

Meine Güte, war der Typ früher auch schon so heiß?

Durch ein paar offene Fenster trillert die Musik des Restaurantradios zu uns heraus, und ich muss sanft schmunzeln, als ich das Lied erkenne. Es ist »Play That Funky Music« von *Wild Cherry*.

Zigarettenrauch steigt in die kühle Abendluft und seine dunkelblauen Augen sehen fokussiert aus - sehen nur mich.

Seine hellen blonden Haare sind zerzaust und ungezähmt. Früher hatte er immer Caps auf, doch heute steht er hier, der maßgeschneiderte Anzug, die schmalen Hosen - ein klares Statement gegen seine alte Welt. Seine Zigarette glüht, als er einen weiteren Zug nimmt. Es ist bereits dunkel und nur die Lichter des Restaurants lassen mich ihn erkennen.

Unsicher, ob ich etwas zu ihm sagen soll - schließlich wäre es das erste Mal seit vielen Jahren - gehe ich einfach weiter und versuche, an ihm vorbei zu kommen. Die Art und Weise, wie er mich ansieht, frisst Löcher in meinen Körper, und es fühlt sich an, als würde er meine ganze Existenz aus mir heraussaugen.

Als ich auf seiner Höhe bin, stellt er sich aufrecht hin und lässt von seinem Motorrad ab. Mein Herz schlägt von meiner Brust in meinen Kopf, sodass ich es gegen meinen Schädel pochen spüre, und ich blinzle ihn nervös an.

Valerian ist der Typ Mann, der alles tun kann und dabei auch noch verdammt sexy aussieht. Er könnte oberkörperfrei, mit einem um den Kopf gewickelten Tuch und Shorts herumlaufen, und niemand käme auf die Idee, ihn schief anzuschauen, denn alles andere an ihm... ist nahezu perfekt.

Ich kann nicht in Worte fassen, was es genau ist. Die kleinen Muttermale in seinem Gesicht, die sich wie ein Kunstwerk zusammenfügen und ihn zu etwas

Einzigartigem machen? Die stechenden Augen in Kombination mit seinen schmalen, aber stets amüsierten Lippen? Die gerade Nase, die sich zum Ende hin spitzt? Sein Körper, der vielleicht nicht so breit ist wie der von Layton und eher schmaler, aber dennoch athletisch und attraktiv? Oder seine Ausstrahlung und Haltung, die dunkel, kalt und gleichzeitig attraktiv und anziehend ist?

Was auch immer es ist - mir wird unglaublich heiß, als er mich immer noch ansieht und nicht einmal zu blinzeln scheint.

Ich bleibe neben ihm stehen.

Ich weiß nicht warum, aber es ist eine Reaktion meines Körpers, über die ich einfach keine Kontrolle habe.

»Du siehst noch besser aus als damals«, sagt er. Seine Stimme ist tiefer, rauer geworden. Ich verschlucke mich fast an der dünnen Luft, als mir die Bedeutung seiner Worte bewusst wird.

Ich beiße mir auf die Unterlippe und greife mit den Fingern fester um meine Tasche. »Soll das ein Kompliment sein?«

Er wirft seine Kippe auf den Boden und lässt die Hände in die Hosentaschen gleiten. Ihn in diesem Anzug zu sehen, passt irgendwie überhaupt nicht zu ihm. Es sieht aus, als würde er eine Hülle tragen, die nicht zu ihm passt. Und schon gar nicht zu einem Motorrad.

»Ich fand dich schon immer heiß«, gibt er zu, und meine Wangen glühen. Ich verlagere mein Gewicht auf das andere Bein und halte vor Überraschung den Atem an.

Ich will ihn fragen, wie er das so offen und direkt sagen kann, aber wie fragt man jemanden so etwas? Doch ich komme gar nicht dazu, denn dann fährt er fort. »Es gibt keinen Grund, es dir nicht zu sagen. Damals hätte ich mich vielleicht nicht getraut, aber jetzt ist nichts dagegen einzuwenden, nicht wahr, kleine Mar? In ein paar Stunden sitze ich im Flugzeug zurück nach New York.« Ich schlucke.

Wie bitte?

Ist er denn vollkommen übergeschnappt?

»Worauf willst du hinaus? Einen One-Night-Stand?«

Ich habe nie wirklich gewusst, was er von mir denkt. Valerian hat mir im Unterricht ab und zu einen Blick zugeworfen und mich beobachtet, wenn er dachte, ich würde es nicht bemerken. Mein Herz ist jedes Mal einen Marathon gelaufen, wenn ich auch nur einen Hauch seiner Aufmerksamkeit erregt habe.

Er lacht leise und rau und schüttelt amüsiert den Kopf. »Ich will nur ehrlich zu dir sein, Kleines. Aber selbst wenn ich Bock auf einen One-Night-Stand mit dir hätte, wäre das etwas Schlechtes?«

Er kommt näher an mich heran, sodass sein Atem fast meine Haut berührt, und ich könnte vor Frust schreien, als er es nicht tut.

Woher kommen auf einmal diese alten Gefühle?

»Ich steige nicht mit fremden Männern ins Bett.«

Eine schwache Aussage - doch mir fällt absolut nichts besseres ein.

Nach dem Schulabschluss habe ich sie völlig vergessen und nie mehr zurückgeschaut - genau wie die drei. Die Klassentreffen sind das Einzige, an dem ich mich beteilige, und wahrscheinlich nur, um mich später darüber aufzuregen.

Aber er, genau wie Layton und Jasper, ist nie da gewesen.

Und jetzt verbringe ich einen Abend im selben Raum wie diese drei Männer und alle meine dunkelsten Sehnsüchte kommen wieder hoch?

Vielleicht bin *ich* auch diejenige, die den Verstand verloren hat.

Sein rechtes Auge zuckt.

»Das ist wahrscheinlich das Beste. Aber wir sind keine Fremden und das weißt du.«

»Wenn wir keine Fremden sind, obwohl wir uns seit mindestens sechs Jahren nicht mehr gesehen haben, was sind wir dann?« Er antwortet mir nicht direkt, mustert mein Gesicht und ich frage mich, ob er mein schnell schlagendes Herz hören kann.

Seine unverschämte Schönheit lenkt mich von dem Gedanken ab, dass ich eigentlich längst nach Hause wollte, und der Mut, der hinter diesem Gespräch steckt, lässt mich puren Stolz empfinden.

»Alte Bekannte. Zwei Seelen, die sich gut kennen und sich nach langer Zeit wiedersehen, kleine Mar.«

Ich fühle mich, als wäre ich wieder 18 und als wären diese überschäumenden Gefühle nie verschwunden, aber dann kommt er noch näher zu mir, näher als je zuvor, und ich kann die kleinen dunklen Flecken in seinen blauen Augen sehen. »Ich wette, du bist schmutziger, als du tust.«

Sprachlos und völlig verblüfft sehe ich ihn an. Seine Lippen verziehen sich zu einem zynischen, wunderschönen Lächeln, bei dem seine Augen leuchten, und ich habe das Gefühl, dass er mich damit gefangen nimmt. Mit nur einem Lächeln schafft er es, meine ganze Aufmerksamkeit auf sich zu lenken. Plötzlich ist er noch näher, legt einen Arm um meine Taille und zieht mich zu sich heran.

Ich keuche und halte mich an seinen Schultern fest, unsere Nasenspitzen berühren sich sanft. Er sucht etwas in meinen Augen, aber ich bin mir nicht ganz sicher, was. Ich weiß nicht, ob er finden wird, wonach er sucht.

»Und ich wette, du findest mich genauso heiß wie früher.« Ich spüre, wie sich seine Hände in meine Haut graben und unsere warmen Körper sich aneinander schmiegen.

Als ich vorsichtig den Kopf schüttle, verdunkeln sich seine Augen und er legt den Kopf leicht schief.

Scheiß einfach drauf.

Lass dich ganz drauf ein, Marra.

»Nein. Noch heißer als früher«, flüstere ich.

Dieser Mann ist der Inbegriff von purer Anziehung und Attraktivität.

Im nächsten Moment erobert sein Mund den meinen und ich schlinge meine Arme um seinen Hals. Ich könnte schwören, dass mein Herz jeden Moment explodieren und das Pulsieren der Lust in mir ins Unermessliche steigen wird.

Es fühlt sich an, als hätte jemand einen Benzinkanister in mir ausgeschüttet und angezündet - ich tue etwas, von dem ich als junges Mädchen geträumt habe und von dem ich dachte, dass ich es nie erreichen würde.

Ich hab mich nie getraut ihn auf diese Anziehung anzusprechen, zwar habe ich es mir gewünscht aber ich wusste, dass Valerian King nicht auf Beziehungen steht. Also wieso dann mit mir?

Und trotzdem stehe ich jetzt knapp sieben Jahre später in seinen Armen, seine Lippen auf meine gepresst und unsere Körper eng aneinander geschmiegt.

Ich werde feucht und spüre, wie sich seine Hose an meinem Schritt wölbt und hart gegen mich drückt. Keuchend breche ich den Kuss ab, nur um seinem intensiven, hungrigen Blick zu begegnen, der mich noch tiefer in seine Arme gleiten lässt.

Ich habe keine Ahnung, was mit mir los ist und warum ich das tue. So etwas habe ich noch nie gemacht.

Aber das ist mir im Moment auch scheißegal.

Es gibt keinen Ort, an dem ich lieber wäre als hier.

Unsere Lippen treffen sich wieder und als seine Zunge gegen meine Zähne stößt, lasse ich ihn meinen Mund erkunden. Meine Hände wandern in sein Haar und ich kralle mich hinein, seine Finger umschließen mich fester, er beugt sich weiter hinunter, wird schneller, intensiver. Unsere Zungen umkreisen einander, unser Atem ist beinahe aufgebraucht, aber wir machen einfach weiter.

Seine Hand gleitet zu meinem Hintern und er hält ihn fest, die andere greift in mein Haar und zieht meinen Kopf zurück.

Es ist ein Feuer, das sich in mir entzündet. Und es sucht nach Sauerstoff, gemischt mit Adrenalin.

Ich presse meine Schenkel zusammen, um der Nässe und dem Kribbeln zu entkommen, aber es nützt nichts. Schwer atmend sehen wir uns an, und ich beginne breit zu lächeln.

Verdammte Scheiße.

»Allein das war es wert, diesen beschissenen Anzug anzuziehen und mich hierher schleppen zu lassen. Der einzige Moment der sich nicht wie Zeitverschwendung anfühlt. Du bist der einzige Grund, warum ich mich freiwillig wieder in dieses Kaff bewegen würde.« Ich kann die Erregung in seiner rauen Stimme hören und muss meine Augen zusammenkneifen, um nicht wieder über ihn herzufallen.

Was zum Teufel ist nur los mit mir?

»Scheiße, sogar mich hat das geil gemacht.«

Ich löse mich ruckartig von Valerian und schaue zum Eingang des Restaurants, wo Jasper mit einer Zigarette im Mund an der Wand lehnt und uns ansieht. Hat er uns die ganze Zeit über beobachtet?

Fuck.

Ich lache nervös und gehe noch ein paar Schritte zurück, aber Valerian hält mich davon ab, ergreift meine Hand und zieht mich wieder an sich. »Nicht so schüchtern, kleine Mar«, flüstert er mir ins Ohr, aber ich schaue zwischen ihm und Jasper hin und her. »Er war die ganze Zeit hier.«

»Und was hat er gesehen? Dass wir Spaß miteinander haben? Du musst dich nicht schämen, ich wette, er hat noch perverse Gedanken in seinem kleinen Köpfchen.«

Er zieht mich hinter sich her und ich schätze, ich lasse es einfach geschehen, weil ich zu überwältigt bin, um mich zu wehren. Wir gehen zu Japser auf die Veranda des Restaurants und ich lehne mich an das Geländer, um wenigstens etwas Abstand zu gewinnen und tief durchzuatmen.

»Ich wollte dich nicht unwohl fühlen lassen«, höre ich Jasper sagen, und ich hebe meinen Blick - sehe ihn zögernd an.

Jasper Bailey im Anzug sieht aus wie ein Musikvideo, das auf MTV läuft, während du Chips aus der Tüte isst und dich fragst, ob das gerade dein Leben ist.

Er ist riesig. Wie jemand, der Basketball spielt aber nicht oft darüber redet. Seine braunen Haare stehen ihm in alle Richtungen ab, zerzaust wie immer, als hätte der Wind mit ihm Flaschendrehen gespielt. Aber seine braunen Augen sind noch immer so wie früher - warm und loyal - und als sie mich für einen Moment ansehen vergesse ich, dass er nicht in gewohnten Jeans und seinem locker sitzenden Tanktop vor mir steht. Stattdessen trägt er ebenfalls diesen Anzug, die Krawatte lose gebunden, als würde er sie sich jederzeit vom Hals reißen wollen.

Er sieht gut aus, viel zu gut.

Trotzdem wirkt er so, als würde er sich lieber wieder in seine gemütlichen Shorts schmeißen, mit einem Lächeln, dass gleichzeitig »Ich nehme dich nicht ernst« und »Ich würd für dich in den Krieg ziehen« sagen kann.

»Ist schon in Ordnung, denke ich.« Valerian zündet sich eine neue Zigarette an und bietet mir eine an, aber ich lehne schnell ab.

Ich schaue zwischen den beiden Männern vor mir hin und her.

Ich sollte nach Hause gehen.

Ja, das sollte ich tun.

Aber ich habe das Gefühl, dass ich am Geländer klebe und ihre intensiven, einnehmenden Blicke mich festhalten.

Überwältigt reibe ich mir die nackten Arme.

»Wann kommt Lay?« wendet sich Valerian an seinen Freund, der mit den Schultern zuckt und einen weiteren Zug nimmt. »Müsste bald raus kommen. Er scheint noch weniger Lust zu haben, hier unter den Idioten zu sitzen, seit Marra den Saal verlassen hat.«

Ich schlucke bei seinen Worten, schaue zu den Laternen und blinzle.

Ich weiß, dass seine Worte meine Aufmerksamkeit erregen sollten - und sie haben funktioniert.

»Wie kommt es, dass ihr in den letzten Jahren nie hier wart?« sage ich, ohne sie anzuschauen, »wenn ich fragen darf«.

Valerian bläst eine Rauchwolke aus und grinst schief. »Hier gibt es nichts für uns.« Jasper wirft ihm einen warnenden Blick zu, den er aber gekonnt ignoriert.

»Lay und Val hatten schon Monate vor unserem Abschluss vor, abzuhauen und eine Karriere aufzubauen. Als Jadie und ich uns getrennt haben, habe ich nicht lange überlegt und bin mit ihnen gegangen. Und es ist nicht einfach, ein Unternehmen aufzubauen, selbst zu dritt. Aber es hat geklappt.«

Ja, und zwar ziemlich gut, wie ich sehe. Valerian trägt eine teure Armbanduhr an seinem linken Handgelenk, und auch wenn er den Anzug nicht wirklich mag, ist er doch sehr teuer. Nicht, dass ich etwas darüber wüsste, aber ich weiß, dass mein Vater ewig für meinen Abschluss sparen musste, um sich einen Anzug leisten zu können.

»Die Crashkurse über Aktien in Informatik haben wohl doch geholfen«, scherze ich und hoffe, dass ich nicht völlig vom Thema abschweife. Aber Valerian grinst noch breiter über meine Worte und Jasper nickt leicht lachend. »Das kann man wohl sagen. Kings Strategies, die Firma, dreht sich rum um Aktien und Finanzen. Wir spielen Schach mit dem Finanzmarkt, nicht Poker. Val denkt sich Strategien aus, Lay liest die Zahlen, und ich… naja, ich sorge dafür, dass der Laden läuft. Wir helfen den Reichen, noch reicher zu werden und verdienen dabei mehr, als gut für uns ist. Es ist aber auch unfassbar zeitaufwendig. Selbst wenn wir gewollt hätten, hätten wir einfach keine Zeit gehabt Asheville zu besuchen.«

»Die wir definitiv nicht hatten - Lust, meine ich. Es ist schrecklich hier. Wir haben nicht einmal eine Bleibe für die Nacht«, unterbricht ihn Valerian und wirft die Zigarette über das Geländer in das Blumenbeet.

»Warum seid ihr dann hier?« frage ich. Ich gehe erst gar nicht auf diese ganze Finanz-Sache ein, denn ich verstehe sowieso nicht einmal die Hälfte von dem, was Jasper versucht mir zu erklären. Meine Arme sind von einer Gänsehaut überzogen und ich reibe sie sanft, um ein wenig Wärme zurückzugewinnen.

»Layton und ich wurden mehr oder weniger hierher gezwungen, weil dieser Idiot eine Einladung von seiner Ex bekommen hat.« Ich hebe meine rechte Augenbraue und schaue zu Jasper, der unschuldig die Arme hebt und mich dann sanft anlächelt. Ich habe Jadie heute noch gar nicht gesehen. Wenn sie ihn eingeladen hat, wo ist sie dann?

»Jadie heiratet morgen.«

Oh.

Wer lädt denn bitte seinen Ex-Freund zu seiner Hochzeit ein? Taktloser geht's kaum. Ich nehme an, sie haben sich nicht im Guten getrennt, wenn Jasper nach New York abgehauen ist, um sie nicht zu sehen.

Nervös kickt er einen kleinen Stein weg und legt den Kopf schief. »Ich weiß, es war wahrscheinlich eher dumm als klug, die Einladung anzunehmen. Aber ich wollte nicht, dass es zwischen uns peinlich wird.«

»Dude, ich habe dir schon, als du die Einladung bekommen hast gesagt, dass das Blödsinn ist. Dorthin zu gehen, macht alles nur noch unangenehmer.«

»Mag sein.«

»Ich denke, es ist eine ehrenwerte Entscheidung, auch wenn ich es nie tun könnte. Meinem Ex nach so vielen Jahren auf seiner eigenen Hochzeit gegenüberzustehen - das wäre wohl mein Albtraum«, mische ich mich ein und die Jungs sehen mich an. Sofort erröten meine Wangen und ich möchte wegschauen, aber ich kann nicht.

»Ich glaube, der Typ, der dir das antun würde, ist das größte Arschloch der Welt.« Ich kichere leise. »Dann ist es ja gut, dass es dafür keine Kandidaten gibt.«

Valerian hebt überrascht die Augenbrauen und ich beiße mir auf die Zunge. Ich will nicht, dass sie denken, ich sei prüde und noch ein kleines Mädchen.

»Überhaupt niemand?«

Ich schüttele den Kopf.

»Weil du keine Beziehungen führst oder weil es einfach keinen Mann gibt?«

»Ich schätze beides?»

Ich bin nicht abgeneigt, Männer zu Besuch zu haben. Aber Gefühle auf einer tiefen Ebene aufzubauen, nur damit der Kerl mich am Ende mit meiner Cousine zweiten Grades hier im Dorf betrügt und mir das Herz bricht? Nein, danke. Ich kann mir bessere Dinge vorstellen.

Ich habe keine Angst, berührt zu werden. Aber ich bin auch nicht jemand, der es offen sucht.

»Gibt es etwa Frauen?« fragt Valerian, und ich schüttle wieder den Kopf. „Bist du verrückt? Hier? Lieber jage ich mir eine Kugel in den Kopf, du weißt wie verklemmt die Leute hier sind." Er presst die Lippen schmal aufeinander und sieht kurz zu Jas herüber, der seinen Blick kurz erwidert, bevor er wieder wegsieht. „Also keine Frauen?", fragt er erneut und kann mir nicht verkneifen, hinter mir auf sein Motorrad zu zeigen. »Meinst du, das wäre dann so passiert?«

Auch wenn ich es mir nicht erklären kann.

Oder vielleicht kann ich es doch.

Er ist einfach unwiderstehlich.

»Hast du nicht auch manchmal das Bedürfnis, Spaß zu haben? Jemanden zu nehmen und zu tun, was du willst?« Der Blick, den Valerian mir zuwirft, ist neugierig, vielleicht sogar flehend. Ich wäge innerlich ab, ob ich es riskieren kann, meinen impulsiven Entscheidungen zu folgen und einfach etwas Gewagtes zu sagen. Mich darauf einlassen.

Ein bisschen *Spaß*.

Ja…

»Du meinst, wie mit dir auf dem Motorrad rumzumachen?«

Seine Augen weiten sich ein wenig, aber ich sehe, wie sie sich verfinstern, und er strafft sich. »Scheiße«, flucht er und fasst sich an den Schritt. Ich habe das Gefühl, als würde ich von innen heraus brennen.

»Ich glaube nicht, dass eine Frau wie du um diese Zeit alleine nach Hause fahren sollte«, wirft Jasper ein und leckt sich über die Lippen, während sein Blick von Valerians Schritt zu mir wandert. Mein Magen stellt sich auf den Kopf.

»Ich kann gut auf mich selbst aufpassen.«

»Oh, ich wette, dass du das kannst«, knurrt Valerian und will gerade wieder die Zigarettenschachtel herausziehen, als ich die Stirn runzle. »Du solltest wirklich aufhören mit rauchen.« Er sieht mich einen Moment lang an, einen Moment zu lange, und holt tief Luft. »Fuck, alles was du willst, Kleine«, sagt er zu mir und wendet sich dann an Jasper, »macht sie dich auch so geil?« Jasper antwortet ihm nicht, aber ich kann an seinem Gesichtsausdruck erkennen, dass es ihm nicht sonderlich anders geht.

Ich beschließe, einfach einem unkontrollierbaren Impuls nachzugeben und räuspere mich kurz.

»Ihr habt gesagt, ihr hättet noch keine Unterkunft. Vielleicht habe ich etwas für euch.«

3
Der Wochenend-Deal
Marra

*E*s ist wirklich nett von dir, dass du uns dort schlafen lässt.« Jasper wirft mir von seinem Platz hinter dem Lenkrad einen kurzen Blick zu.

Im Seitenspiegel kann ich die beiden Motorräder sehen, die uns folgen, und ich rutsche in meinem Sitz hin und her. Wie ich herausgefunden habe, ist Jasper mit einem Taxi zum Restaurant gekommen, während Layton und Valerian ihre alten Motorräder von zu Hause abgeholt haben.

Nachdem Layton sich draußen zu uns gesellt hat und ich den Jungs von der Hütte meiner Eltern erzählt habe, die sich seit meiner Kindheit im Familienbesitz befindet, habe ich ihnen angeboten, ihnen den Weg zu zeigen. Ich weiß, dass die Hütte am See voll funktionsfähig und bereit ist, Besucher zu empfangen, da meine Eltern ab und zu übers Wochenende dorthin fahren. Zwei Tage im Wald, mit einem See, einer warmen, gemütlichen Hütte und viel Zeit für sich allein können nie schaden.

Als Kind war ich manchmal mit meinen Cousins dort, also sollten die Gästezimmer auch funktionstüchtig sein.

»Das ist kein Problem. Es wird sowieso niemand da sein. Ich kann dir die Schlüssel geben und du kannst sie einfach unter der Fußmatte lassen, wenn ihr geht.«

»Das ist wirklich keine Selbstverständlichkeit. Du bist wirklich nett.«

»Du musst hier rechts abbiegen.« Er tut, was ich ihm sage, und wir biegen in eine abgelegene Landstraße ein. Wir fahren schon seit zwanzig Minuten und es wird eine Weile dauern, aber ich hoffe, dass sie sich im Dunkeln an den Weg erinnern können. »Wohnt ihr immer noch in dem weißen Haus mit dem blauen Dach? Ich erinnere mich daran, dass ich deinen Vater früher sonntags vor der Garage arbeiten gesehen habe.«

Ich lächle leicht bei der Erinnerung an diese Zeiten. Er hat immer gerne an seinem alten Auto gebastelt oder hat Basketball mit dem Korb gespielt, der an der Garage angebracht ist. Als Kind hat er mir beigebracht, wie man Körbe wirft, und unsere Sommertage haben daraus bestanden, stundenlang vor der Garage Basketball zu spielen. Ab und zu kamen auch Kinder aus der Nachbarschaft dazu.

»Nein. Ich bin weiter aufs Land gezogen. Auch wenn ich die Bruchbude manchmal vermisse«, sage ich leise. Zu Hause hat es immer etwas zu reparieren gegeben.

»Ich vermisse es hier auch manchmal. Aber New York ist toll, du solltest es dir mal ansehen.«

Ich drehe die Musik im Auto ein wenig leiser. Jasper hat sich für „Sex & Candy" von *Marcy Playground* entschieden. Interessante Wahl.

»Nein, das ist nichts für mich.«

»Wie Beziehungen?«

Ich drehe meinen Kopf zu ihm und bemerke das freche Grinsen auf seinen Lippen. »Es ist nicht so, dass ich nicht an Männern interessiert wäre. Aber du weißt ja, wie die Spezies von hier ist.« Ich ziehe eine leichte Grimasse bei dem Gedanken an einen oder zwei von ihnen.

Nein, ganz bestimmt nicht.

Ich glaube, ich habe mit den Männern von hier abgeschlossen, als der Ex-Freund meiner Cousine versucht hat, sich an mich ranzumachen.

»Aber es gibt uns«, widerspricht er.

Ich schlucke und reibe meine Oberschenkel.

»Wir waren nie so.«

Ja, das ist wahr. Obwohl sie hier geboren sind, sind die drei nie so... seltsam verzehrt und verklemmt wie die anderen gewesen. Zumindest hat es so gewirkt.

»Wir sind *immer noch* nicht so«, korrigiert er sich und mir schießt die Hitze in die Wangen. Ich schaue nervös zu ihm hinüber, und er erwidert meinen Blick hart.

»Was willst du damit andeuten?« frage ich.

»Wir sind nur dieses Wochenende hier, Marra. Wenn du etwas erleben willst, ist das deine Chance.« Mein Herz schlägt mir fast aus der Brust und seine Worte zerreißen meine Gedanken. Ich sehe, wie auch er schwer schluckt, aber er wendet seinen Blick nicht von mir ab, während er die gerade Straße entlang fährt.

»Ich meine, wenn du lieber in deiner eigenen Hütte schläfst, als nachts allein nach Hause zu fahren, werden wir dich nicht hinausdrängen.«

»Ich habe einen Kater«, sage ich leise, völlig überwältigt, und beiße mir auf die Unterlippe.

»Deine Nachbarn können doch sicher auf ihn aufpassen?« Ich sage ihm nicht, dass ich keine Nachbarn habe. Ich könnte meiner Mutter eine SMS schreiben.

Was ist schon dabei?

Gott, tu es einfach, Marra.

Mach. Es. Einfach..

Aber was wird passieren? Ist es eine dumme Entscheidung, es zu tun? Verdammt noch mal.

»Wie kommst du auf diese Idee?« Er lacht und fährt sich durch das zerzauste Haar. »Du hast eben mit Valerian rumgemacht, als würdest du schon dein ganzes Leben darauf warten und als wäre er eine Sauerstoffflasche, die du zum Überleben brauchst. Außerdem bist du sexy Marra. Es wäre für jeden von uns ein guter Deal.«

»Warum sollte ich das tun?« frage ich und halte den Atem an. So ein Angebot zu bekommen, ist Wahnsinn. Und es passt eigentlich gar nicht zu mir...

Aber er hat ja recht. Sie sind nur für ein Wochenende hier, und wenn ich meine Zeit genießen will, ohne es zu bereuen, mit wem sonst als mit ihnen?

»Glaube mir, Baby, du wirst es nicht bereuen. Ich möchte, dass du auch mal ein bisschen Spaß hast. Du hast dich schon früher immer zurückgehalten.«

Weil ich mich in meinem warmen Nest wohl fühle.

Aber seine Worte wecken ein Verlangen in mir, eine Neugierde, mehr hinter seinen Worten zu erfahren. Ich will wissen, was er von mir verlangt. Ich will wissen, was die Jungs mir bieten können. Wozu er mich einlädt.

Ich schaue ihm tief in die warmen, braunen Augen und nicke dann knapp.

»Ich werde ihr eine Nachricht hinterlassen. Du hast recht, ich sollte nachts nicht allein unterwegs sein. Ich will nicht bereuen, dass ich so dumm war und mich in Gefahr gebracht habe.«

Er blickt wieder nach vorne und ich hole langsam Luft. Ich will nicht, dass er merkt, wie nervös ich bin. Aber es ist so aufregend.

Und ich liebe das Adrenalin. Auch wenn ich gerade wegen der Ruhe weiter aufs Land gezogen bin, kann es nicht schaden, ab und zu ein Abenteuer zu erleben.

Ich hole mein altes Satellitentelefon hervor, für das ich beinahe anderthalb Jahre gespart habe, und hinterlasse eine kurze Nachricht auf dem AB meiner Mutter.

»Aber denkst du, du wirst es bereuen, wenn du die Nacht mit uns verbringst?«

Seine Stimme ist ruhig und gelassen, aber ich wette, er ist genauso gespannt auf meine Antwort wie ich.

»Nein.«

Unsere Augen treffen sich wieder.

»Seinen Bedürfnissen nachzugehen ist etwas, das man niemals bereuen sollte.«

»Du lässt dich also darauf ein?«

Ich zucke mit den Schultern. »Ich denke, du brauchst eine Ablenkung, bevor du morgen zu dieser Hochzeit gehst. Valerian braucht dringend gute Laune und ich bezweifle, dass er ein Problem damit hat, wenn ich dort bleibe. Und Layton«, sage ich, aber ich weiß nicht, was ich über ihn sagen soll. Welchen Grund sollte er haben?

»Layton braucht ein Wochenende ohne Konsequenzen. Sein Kopf platzt bald«, beendet er den Satz für mich.

»Ein Wochenende?«

»Unser Flug geht am Sonntagnachmittag.«

Soll ich das ganze Wochenende bei ihnen bleiben? Meine Mutter könnte Leo mitnehmen, das wäre also kein Problem. »Und die Hochzeit?«

»Sei unser Plus eins. Ich habe bereits plus eins zu plus zwei gemacht. Eine weitere dritte Person wird nicht auffallen.«

Es ist verrückt, aber schon der Gedanke, es abzulehnen, lässt mich glauben, dass ich später in meinem Bett liegen und an die Decke starren werde. Dieses Angebot ist zu verlockend. Und ich würde es bereuen, wenn ich es nicht annehme.

Ich habe mich schon immer zu allen dreien hingezogen gefühlt, und sie alle drei auf einen Schlag in meiner Hütte zu haben, ist wie die Erfüllung meines dunkelsten Traums. »Wie stellst du dir das vor?«

»Wie stellst du dir Sex vor, Marra? Drei Männer auf einmal? Die alles mit dir machen, wonach du dich sehnst? Du sagst mir, wie du es dir vorstellst und ich sage dir - wir geben dir mehr.« Die empfindliche Stelle zwischen meinen Beinen wird wieder warm und pulsiert. Ein leises Stöhnen entweicht mir und ich presse meine Schenkel zusammen. »Sag so etwas nicht.«

Er nimmt eine Hand vom Lenkrad und legt sie sanft auf mein Bein, was mein Herz noch schneller schlagen lässt und mir das Gefühl gibt, kaum noch atmen zu können. Die Berührung ist elektrisierend - schickt neues Leben in meinen Körper.

Kleine Blitze bahnen sich ihren kribbelnden Weg über meine Haut und ich lecke mir vor Erregung über die Lippen. Es ist lange her, dass ich so berührt wurde, wie Valerian und Jasper es in der letzten Stunde getan haben. Und damals hat es sich nicht annähernd so gut angefühlt.

»Warum nicht? Ich weiß, dass du innerlich schon beschlossen hast, dass du von uns flachgelegt werden willst.« Ich beiße mir auf die Innenseite meiner Wangen. »Ist das seltsam?«

Er schüttelt den Kopf und seine Hand wandert langsam aber sicher weiter mein Bein hinauf. »Nein, Baby, das ist menschlich.«

Seine Finger greifen um den Bund meiner Hose und ich stoße einen zischenden Atem aus.

Bitte rede weiter mit mir. Sag mir, dass es in Ordnung ist.

Bitte mach weiter.

Gib mir Mut.

Tu etwas.

Und als ob er meine Gedanken hören könnte, gleitet seine Hand in meine Hose und seine Finger fahren über meine empfindlichste Stelle. Ich schlucke, schließe für einen Moment die Augen und drücke meinen Kopf gegen die Kopfstütze.

Oh mein Gott.

»Das wäre erst der Anfang, Baby.«

Er streicht über den Stoff meiner Unterhose und ich bin sofort froh, dass ich heute das gute Zeug trage.

Ein Kribbeln durchfährt meinen Körper, das Verlangen nach mehr wächst und ich will meine Schenkel gegen das Gefühl noch enger zusammenpressen, aber er schiebt sie auseinander und spielt weiter mit dem Rand meines Slips. Ich kralle meine Finger in den Sitz unter mir, öffne die Augen mit flackernden Lidern und bemerke den intensiven Blick, mit dem er mich ansieht. Pure Lust spielt in seinen braunen Augen und ab und zu wirft er einen schnellen, prüfenden Blick nach vorne auf die Straße. Wir kommen dem Wald immer näher.

»Du bist so schön feucht. Am liebsten würde ich mein Gesicht in deinem Schoß versenken.« Seine Worte lösen etwas in mir aus, ich weiß nicht genau, was, aber etwas in mir regt sich und ich drücke mich gegen seine Hand.

»Bitte«, keuche ich, und ich bin mir nicht einmal sicher, worum ich ihn bitte.

Dass er seine Worte wahr macht? Dass er aufhören soll?

Aber als seine Finger den Stoff zur Seite schieben und er durch meine Nässe streicht, höre ich auf zu denken.

Keine Gedanken. Kein Bedauern. Kein Rückzug.

Nur das hier.

Er streichelt meine Perle, und ich stöhne auf und wünsche mir, aus diesem Auto auszusteigen und mich ihm ganz und gar hinzugeben

»Wer hätte gedacht, dass die kleine Mar sich so sehr nach meinen Berührungen sehnt.« Ich rutsche ein wenig nach unten, als er seine Finger zwischen meine Schamlippen schiebt und noch tiefer eindringt, mich wieder und wieder streichelt und meine Nässe seine Finger benetzt.

»Hast du früher schon daran gedacht? Als wir zusammen im Unterricht waren?«

Ich will die Frage nicht wirklich beantworten, vielleicht weil ich mich schäme, vielleicht weil mein letzter vernünftiger Gedanke mich davon abhalten will, weiter zu gehen. Er hatte zu der Zeit eine Freundin. Ich hätte ihn gar nicht haben wollen dürfen.

»Sag es mir, Baby.«

»Scheiße, ja«, keuche ich, und im selben Moment führt er seine Finger in mich ein. Ich beiße mir auf die Zunge, um nicht wieder laut zu stöhnen, und drücke mich fester gegen den Sitz. Das ist zu viel. Und gleichzeitig zu wenig. Ich will nicht aufhören. Ich brauche mehr.

»Ja, so ist es gut.«

Er gleitet rein und raus, spielt zwischendurch wieder mit meiner Perle und meine Hände umklammern jetzt den Stoff des Sitzes so fest, dass es weh tut. Das Pulsieren wird stärker und eine Welle baut sich in mir auf, die ich noch nicht loslassen will. Ich atme härter und schneller, aber meine Kehle ist wie zugeschnürt. Seine Bewegungen sind so sicher und geübt, dass ich fast neidisch auf jede Frau bin, die seine Finger vor mir berührt haben. »Gefällt dir das?«

Ich nicke schwach und versuche, ihn anzusehen, aber ich bin so geblendet von der Befriedigung und dem Verlangen, dass ich mit den Augen rolle. »Sprich mit mir.«

»Ja«, sage ich, »hör nicht auf. Es gefällt mir.«

Und er hört nicht auf. Eine Hitze überrollt mich und ich komme meinem Orgasmus immer näher. Stöhnend blinzle ich ein paar Mal.

»Ich will bei euch bleiben. Das ganze verdammte Wochenende. Ich will, dass ihr mich fickt.« Seine Finger werden schneller, aber er reibt nicht zu fest und die Spannung fällt immer mehr von mir ab.

Plötzlich packt er mein Kinn und zieht mich zu sich heran. Stürmisch legt er seine Lippen auf meine und leckt mit seiner Zunge über meine, unsere Zähne stoßen aneinander, während seine Finger mich immer näher an den Höhepunkt heranführen.

Ich stöhne in seinen Mund, er beißt mir sanft in die Lippe - und dann zieht er sich von mir zurück. Ich bin nur fünf Sekunden davon entfernt, zu kommen, als er auch seine Finger aus mir herauszieht und sich zurücklehnt. Erst jetzt merke ich, dass wir stehen geblieben sind und uns nicht mehr auf der Straße befinden. Vor uns liegt die Hütte meiner Eltern.

»Ich will, dass du meinen Schwanz reitest und auf meinem Mund kommst. Aber nicht hier im Auto, Baby. Lass uns rein gehen.« Mein schnell klopfendes Herz und meine Atemnot hindern mich daran, etwas zu sagen, also schaue ich mich zögernd um und erkenne die beiden anderen Männer im Dunkeln, die mit ihren Motorrädern neben uns angehalten haben.

Sie sehen uns im Auto an, und als sie meinen Blick bemerken, legt Valerian grinsend den Kopf schief und Layton fährt sich mit der Hand über sein kurzes Haar.

Jasper steigt aus, geht um mein Auto herum und öffnet mir die Tür. »Steig aus und lass dich auf ein Wochenende voller Leidenschaft und Lust ein. Ein Wochenende, an dem alles passieren kann. Ohne

Konsequenzen, ohne Reue und ohne Zukunft. Lass dich von uns verwöhnen, Baby.«

4
Erhobene Waffen und ganz viel Geduld

Marra

Mit zitternden Fingern schließe ich die Haustür auf und lächle schief, als mir der holzige Duft entgegenweht. Die Männer sind mir dicht auf den Fersen. Ich betätige den Lichtschalter und trete weiter ins Wohnzimmer, um ihnen mehr Raum zu geben. Wir sind ganz allein.

»Das ist es.«

Das Wohnzimmer besteht aus einer großen Couch, neben der ein alter Weidenkorb mit karierten Wolldecken und Kissen steht, einem kleinen Tisch, einem Kamin und einem Röhrenfernseher. Die angrenzende Küche ist nicht besonders groß, aber sie hat immer ausgereicht, um meine hungrigen Cousins und mich zu versorgen. Am Ende des Raumes führt eine Treppe in den zweiten Stock, wo sich fünf Schlafzimmer mit Balkonen und ein Badezimmer befinden.

»Sieht nicht schlecht aus«, höre ich Layton sagen, und sehe zu, wie die Jungs ihre drei Taschen hineintragen, die ich hinten auf meiner Ladefläche verstaut habe. Die Hitze kribbelt noch immer unter meiner Haut, und ich lehne mich an die Wand in meinem Rücken, um Halt zu finden.

Wie weit kann ich gehen?

Zu was bin ich fähig?

»Macht es euch einfach bequem«, sage ich und husche die Treppe hinauf. Als ich im Bad ankomme, schließe ich die Tür hinter mir und atme tief durch. Das ist Wahnsinn.

Ich lasse Wasser über meine Hände laufen und betrachte mein Spiegelbild genauer. Ich sehe gar nicht so schlecht aus. Mein Haar ist durch die Reibung der Kopfstütze ein wenig zerzaust, aber nicht so sehr, dass ich wie eine Vogelscheuche aussehe. Meine Lippen sind geschwollen und ein wenig rot, weil ich sie mehrmals kräftig gebissen habe. Auch meine Wangen leuchten rosa und meine Augen glänzen. Mein Make-Up ist ein verblasst. Seufzend spritze ich mir ein wenig Wasser ins Gesicht, atme tief durch und verlasse das Bad wieder.

Als ich in den dunklen Gang trete, fällt mein Blick auf Valerian, der mit verschränkten Armen an der Wand lehnt und mich mild betrachtet.

Ich schenke ihm ein schüchternes Lächeln und er macht eine knappe Kopfbewegung, um mir zu sagen, dass ich zu ihm kommen soll.

Ich bleibe dicht bei ihm stehen, als er eine Strähne meines Haares zwischen seinen Fingern reibt und auf meine Lippen hinabblickt.

Ich weiß nicht, warum seine Gegenwart eine so intensive Wirkung auf mich hat, aber ich kann nicht anders, als sie zu genießen.

Deshalb bin ich doch hier, oder? Die Aufmerksamkeit dreier so attraktiver Männer zu erlangen und unter ihr zu schmelzen, die Nächte mit ihnen zu verbringen - das ist der ganze Sinn dieser Abmachung.

»Hat es dir gefallen, Jas' Finger in dir zu spüren?« Seine raue Stimme verursacht erneut Gänsehaut und die Härchen in meinem Nacken stellen sich auf. Er hat also genau gesehen, was wir getrieben haben. Vielleicht sollte mich das stören, wenn ich einen normalen, gesunden Verstand hätte. Aber anscheinend ist das nicht der Fall, denn es hat den gegenteiligen Effekt auf mich. Valerian hat uns beobachtet, sogar Layton könnte es gesehen haben, und das macht mich verdammt an.

Ich lehne mich zu ihm hin, meine Lippen nahe an seiner Ohrmuschel. »Er hat mich nicht kommen lassen«, flüstere ich und bemerke das Lächeln, das sich auf seine Lippen schleicht.

Er zieht mich mit einer Hand zu sich heran und ich bemerke, dass er mit der anderen etwas festhält. Ich werfe einen kurzen Blick nach unten und erschaudere. Er hält das Jagdgewehr meines Vaters, das vorher an der Wand gelehnt haben muss. Ich schaue ihm wieder unsicher in die Augen und er hebt provokant das Gewehr. Überwältigt weiche ich zurück und sehe entsetzt zu, wie er den Lauf gegen meine Brust presst.

Ich öffne meine Lippen, um zu protestieren, aber er kommt mir zuvor.

»Ich wollte dich ficken, als ich achtzehn Jahre alt war, und sieben verdammte Jahre später gehst du mir immer noch so sehr unter die Haut, dass ich dich am liebsten vor allen Leuten auf den Tisch des Restaurants gevögelt hätte.«

Ich schlucke hart.

Wie kommt es, dass er mich damals nie angesprochen hat? Nie richtig mit mir geredet hat?

Er war wie ein stiller Beobachter, ein paar verruchte und tiefe Blicke, ein Lächeln, wenn wir uns nahe waren, aber nie mehr.

Mein Herz läuft einen Marathon.

Er drückt die Waffe fester gegen meine Brust, sodass ich nach hinten taumle und gegen die Wand stoße.

Er macht einen Schritt auf mich zu. Soll ich auch ein Geständnis ablegen?

Das verruchte Grinsen auf seinem Gesicht sagt mir, dass ich es tun sollte.

Also hole ich tief Luft und versuche ihn bei seinem Geständnis zu unterstützen.

»Ich habe mir vorgestellt, von dir gefickt zu werden, als ich achtzehn Jahre alt war, und die Vorstellung ist nie verblasst.« In seinen Augen bricht ein Sturm los, neben dem ein Tornado der Stufe EF 5 harmlos aussieht. Mir gefällt, was meine Worte in ihm auslösen, und kurzerhand wirft er die Waffe beiseite und ist bei mir, sein Atem streift meine Haut und ich erhasche nur einen flüchtigen Blick auf seine Lippen, bevor er sie auf meine presst. Zum zweiten Mal an diesem Abend werde ich in seinen Armen schwach und schlinge meine Hände um seinen Hals.

Der Kuss ist intensiv, einnehmend und atemberaubend.

»Du bist so verdammt sexy«, keucht er und leckt mit seiner Zunge über meine Lippen. Seine Finger krallen sich in meinen Hintern und er hebt mich hoch. Ich schlinge meine Beine um seinen Oberkörper und beuge mich weiter zu ihm herunter. Er vertieft den Kuss, fängt mich mit einem Stöhnen ein und drückt mich fest gegen die Wand. Ich bin noch immer total aufgekratzt von der Autofahrt und Glückshormone durchfluten mich, das Pulsieren meiner Pussy wird immer stärker, fast schmerzhaft. »Ich brauche mehr«, sage ich und er knurrt erregt. Ich kann spüren, wie hart er ist.

Eine dicke Wölbung drückt gegen mein empfindliches Zentrum. Mein achtzehnjähriges Ich würde kein Wort von dem glauben, was hier passiert.

Valerian King und ich machen miteinander rum. Jasper Bailey fingert mich in meinem Auto.

Layton Reed sitzt in meinem Wohnzimmer und wartet wahrscheinlich auf mich.

Verfluchte Scheiße, erschieß mich.

Valerian will es genauso sehr wie ich, und das gibt mir die Bestätigung, von der ich immer geträumt habe.

Ich bin blitzschnell wieder auf dem Boden, und er öffnet mit flinken Fingern den Reißverschluss meiner Shorts, sie gleiten mir die Beine hinunter und landen auf dem Boden, Valerian hat leichten Zugang und zieht auch an meiner Unterhose. Kalte Nachtluft streift meine Beine, die durch ein offenes Fenster hereinströmen muss, und ich zittere leicht. Was nicht nur an der Kälte, sondern auch an dem prickelnden Verlangen und der puren Lust liegen muss. Ich öffne seine Anzugshose und sehe die große Ausbeulung hinter seinen Boxershorts. Erregt beiße ich mir auf die Unterlippe und streiche sanft über den dünnen Stoff. Er sieht mir zu, eine Hand neben meinem Kopf an die Wand gelehnt und ein schiefes Grinsen im Gesicht. Ich schiebe sie herunter und sein praller, steifer Schwanz springt mir entgegen.

Er ist verdammt sexy.

Ich habe das Gefühl zu träumen und möchte nie wieder aufwachen.

Die Nässe muss allmählich an meinen Schenkeln hinunter rinnen.

»Heb dein Bein, Sternchen«, sagt er, und ich tue, was er sagt. Er packt es sicher und fest, schlingt es um seine Taille und drückt mich fester zwischen die Wand und ihn. Jetzt, wo meine Beine gespreizt sind und den Blick auf meine nackte Mitte freigeben, leckt er sich begierig über die Lippen. Mit der anderen Hand ergreift er seinen

Schwanz und streckt mir seine Hüften entgegen. Ich starre ihm unverwandt in die Augen, als er die Spitze seines Schwanzes an meinen Schamlippen reibt. Das Kribbeln wird stärker und ich stoße ein atemloses Stöhnen aus. Es ist, als würde mich jemand kitzeln und gleichzeitig sanft streicheln. Meine Finger krallen sich in sein weißes Hemd und er fährt fort, langsam durch meine Nässe zu reiben. Immer wieder wandert er von meiner Perle zu meinem Eingang und wieder zurück.

Ich möchte explodieren.

Unser kurzes Atmen ist das Einzige, was ich höre, seine Lust und Geilheit ist das Einzige, was ich sehe. »Valerian«, flüstere ich gierig und er drückt seine Spitze noch ein wenig mehr an meinen Eingang, stößt aber nicht ganz hinein. Ich will mich ihm entgegenstrecken, in der Hoffnung, dass er endlich eindringt, aber er hält mich zurück und bleibt nur einen Zentimeter in mir.

»Ich liebe es, wie du meinen Namen sagst«, flüstert er gegen mein Ohr und dringt noch einen Zentimeter weiter ein. Es ist nicht genug. Meine Füße verkrampfen sich in meinen Boots und ich klammere mich noch fester an ihn.

»Gott, bitte Valerian, tiefer.« Aber er spielt lieber noch, zieht das bisschen, das ich probieren durfte, heraus und reibt seinen Schwanz wieder zwischen meiner Nässe auf und ab.

»Geduld, kleine Mar. Du wirst bekommen, wonach du dich sehnst.”

Ich kann es nicht mehr aushalten. »Mein braves Mädchen.«

5
Tequila gegen 0 Uhr

Layton

Jasper und ich schieben unsere Taschen an den Rand des Zimmers, und aus dem Augenwinkel sehe ich, wie Valerian Marra die Treppe hinauf folgt. Mir kribbelt es in den Fingern und Zehen, es ihm gleichzutun und ihr zu folgen, aber ich will ihr nicht die Privatsphäre stehlen.

Ich bin ein Profi geworden, wenn es darum geht, die Grenze zwischen mir und ihr nicht zu überschreiten. Ich habe mich immer zurückgehalten und ihr Bedürfnis nach Ruhe und Frieden über mein eigenes gestellt. Das habe ich nicht nur getan, weil ich sie respektiere, sondern weil wir wirklich gute Freunde waren und sie mir in gewisser Weise immer noch wichtig ist. Selbst nach Jahren ohne

Kontakt hat unsere Verbindung nicht an Bedeutung verloren, und ich würde mich lieber erschießen, als sie durch mich leiden zu lassen.

Das war schon immer so zwischen uns.

Früher waren es pubertäre Gefühle, Schmetterlinge im Bauch und Verliebtheit in Phasen. Aber Marra war immer einfach da - und nie weg.

»Ich kann nicht glauben, dass ich sie nach so vielen Jahren wiedersehe«, murmle ich vor mich hin und Jasper sieht zu mir herüber. Er legt gehacktes Holz in den Kamin. Obwohl es Sommer ist, wird es langsam kälter, draußen ist es stockdunkel und ein kleines Feuer kann uns nicht schaden.

»Sie lebt hier«, merkt er an und ich stemme die Hände in die Hüfte.

»Das ist mir klar, du Klugscheißer. Aber wer hätte gedacht, dass wir sie tatsächlich wiedersehen würden? Oder dass der Abend so enden würde?«

Jas lässt das Holz in Flammen aufgehen. »Marra war schon immer für eine Überraschung gut.«

Ich runzle die Stirn bei seinen Worten und überlege, was er wohl meint. Denn Marra hasst Überraschungen. Sie ist die Art von Mädchen, die sich absichtlich das Ende von Büchern und Kinofilmen erzählen lässt.

Sie war noch nie ein Mädchen, das spielt oder leichtsinnige Entscheidungen trifft. Normalerweise kann man ihren nächsten Schritt voraussehen, und deshalb habe ich gerne Zeit mit ihr verbracht.

Wenn sie in der Nähe ist, macht der ganze Trubel eine Pause. Der Lärm in meinen Ohren verschwindet. Die Schreie in meinem Kopf verstummen.

Ich habe mich bei ihr sicher und geborgen gefühlt, weil ich wusste, woran ich war. Weil sie berechenbar ist, die Art von Mensch, die nicht aus der Reihe tanzt und mich unerwartet von hinten angreift.

Man konnte sich an sie gewöhnen.

»Du hast sie als das hervorsehbare Mädchen gesehen, Lay.« Sein linker Mundwinkel hebt sich und sein Blick geht in die Ferne, als er sich auf den Sessel vor dem Kamin setzt. Er scheint über die alte Erinnerung nachzudenken. »Als wir noch jünger waren, hat sie mir erzählt, dass sie manchmal gerne ausbrechen würde.« Es herrscht kurzes Schweigen und das Feuer verschlingt das Holz mit einem knisternden Geräusch. »Sie war nicht unglücklich, das weißt du besser als jeder andere. Aber sie wollte wissen, wie es sich anfühlt, zur Abwechslung mal unberechenbar zu sein.«

Er hebt seinen Blick von den Flammen.

Ich lache schnaubend.

Das ist Blödsinn.

»Aber das ist es, was ihr Trost spendet. Sie geht seit sieben Jahren zu diesem Klassentreffen, jeden verdammten September. Und danach sitzt sie immer am selben Platz in der Bar und trinkt einen Tequila.« Ich kann meine Worte nicht mehr rechtzeitig zurückhalten.

Jasper entgeht das natürlich auch nicht. »Woher willst du das wissen?«

»Ich habe hier immer noch meine Kontakte, auch wenn wir weggezogen sind, Jas. Kontakte, die mich auf dem Laufenden halten und mich über alles informieren. Ich weiß, dass Marra noch genauso tickt wie damals. Die Gewohnheit ist ihre Hülle, ihr Schutzmechanismus.«

Er zuckt mit den Schultern und stochert mit einem Metallstab im Feuer herum. »Genau das ist es ja. Wahrscheinlich wollte sie sehen, ob sie es *kann*. Ob sie aus sich selbst ausbrechen kann und aus dem Käfig, den sie um sich errichtet hat, ohne dass die Welt um sie herum zusammenbricht. Sie hat es nie durchgezogen, hat sich bewusst für ein Leben in Frieden entschieden. Aber der Drang und die Neugierde auf etwas anderes sind vielleicht noch da, Lay.«

Ich setze mich ebenfalls und stütze meine Unterarme auf die Knie. In meinem Kopf fügt sich ein Puzzlestück in das andere.

»Das hier ist ihr Ausbruch, nicht wahr? Das, wovon sie dir als Teenager erzählt hat. Keine Regeln, keine Erwartungen. Nichts, was sie für sich selbst hervorsehen konnte.«

Jas nickt. »Ich denke schon. Wir sind die perfekten Versuchskaninchen.«

»Sie hat sich schon immer für uns interessiert.« »Deshalb habe ich ihr dieses Angebot gemacht und ich scheine mit meiner Einschätzung ja nicht ganz so daneben zu liegen, da sie schnell zugestimmt hat.«

Ich lasse diese Erkenntnis einen Moment auf mich wirken und fahre mir mit der Hand übers Gesicht. Marra ist eine wahnsinns Frau.

Sie ist sexy und klug. Mutig und zurückhaltend zugleich. So habe ich sie noch nie gesehen, und das ist wahrscheinlich ihr Ziel. Sie will sich selbst testen.

Plötzlich lacht Jasper trocken und schüttelt den Kopf. Dann wird sein Gesichtsausdruck wieder ernst. »Was machen wir, wenn sie nach diesem Wochenende mehr will? Oder, noch schlimmer, wenn sie süchtig nach dem Adrenalin der Selbstversuche wird? Wenn sie noch mehr Chaos will?«

Draußen vor der Hütte raschelt es, vielleicht ein Reh oder ein Hase, der etwas zu nahe gekommen ist. »Das ist dann nicht mehr unser Problem, Jas. Du hast die Regeln mit ihr festgelegt.«

Er hebt eine Augenbraue. »Und was ist, wenn es doch zu unserem Problem wird?«

Darauf habe ich keine Antwort und starre schweigend in seine treuen, braunen Augen, bevor ich mich seufzend erhebe.

Das ist nichts, worüber ich mir jetzt Gedanken machen werde. Denn dazu wird es nicht kommen. Marra will sich ausprobieren. Ein paar Dinge erleben. Aber sie ist nicht dumm, sie weiß, dass das hier keine Zukunft hat. Schon lange nicht mehr. Für diesen Weg ist es längst zu spät.

»Lass uns nachsehen, was sie so lange treiben.«

Er pickt noch einmal in die lodernden Flammen, dann folgt er mir. Als ich die erste Treppenstufe erreiche, legt er mir eine Hand auf die Schulter und ich werfe ihm einen flüchtigen Blick zu.

»Lass uns einfach sicherstellen, dass wir alle dieses Wochenende genießen können. Ohne Konsequenzen.«

Ich nicke.

Das ist genau das, was ich tun werde. Ich war lange genug nur ihr stiller und vertrauenswürdiger Freund.

Jetzt ist es an der Zeit, ihr zu zeigen, was ich sonst noch sein kann.

Je näher wir dem Fuß der Treppe kommen, desto lauter werden das unterdrückte Stöhnen und die gedämpften Stimmen von Val und Marra. Ich schlucke tief und runzle die Stirn.

Auch Jasper wird unruhig, als wir vor der letzten Stufe der Treppe stehen bleiben und das Schauspiel beobachten, das sich vor uns abspielt.

Mein Schwanz wird hart und will aus meiner Hose heraus, als ich meinen besten Freund und alte Freundin beim Ficken beobachte. Valerian hält sie an die Wand gepresst und reibt seinen Schwanz an ihr, was sie bis zum Äußersten treibt.

Ich kann Jaspers schweren Atem in meinem Nacken spüren und vermute, dass er genauso hart und steif wird wie ich.

Dieses Mädchen ist schon immer die Perfektion.

Ihre prallen Titten, die nicht zu groß und nicht zu klein sind, rutschen fast aus ihrem gelben Top, aber sie ist so von Valerian abgelenkt, dass sie es nicht bemerkt.

Marra war schon immer schmutzig, sie hat es sich nur nie anmerken lassen. Aber als wir noch enge Freunde waren, habe ich gelernt, wie sie ist. Sie hat ihre Bedürfnisse, sie hat sie nur nie ausgelebt. Es ist nur eine Frage der Zeit gewesen, bis sie explodiert und die volle Dosis zu sich nimmt. Ich hätte nie erwartet, dabei zu sein, aber ich bin froh, dass ich heute Abend mit ihr gesprochen habe. Nur wegen dieser blöden Hochzeit hier aufzutauchen. Aber tief im Inneren hatte ich gehofft, sie wiederzusehen.

Ich hatte immer eine kleine Schwäche für sie. Ich wusste, dass sie mich attraktiv fand, anziehend. Aber sie hat nie einen Schritt gemacht und aus Respekt habe ich mich zurückgehalten.

Aber jetzt ist es anders. Wir sind erwachsener, rücksichtsloser. Ich mag es, dass sie sich nimmt, was sie will.

Und sie will uns.

Mein Schwanz zuckt hinter meinem Reißverschluss.

»Das ist so verdammt geil«, höre ich Jas leise flüstern und ich nicke abwesend. »Sie war schon immer perfekt, Jas. Wenn du nur wüsstest, wie sie privat drauf war.«

Sie hat vor mir getanzt, sie ist eine verdammt gute Tänzerin, hat den Joint zwischen die Lippen genommen, als hätte sie Angst, ihn zu zerquetschen. Sie hat mit dem Kopf auf meiner Brust gelegen und geschlafen, während ich alles getan hab, um nicht hart zu werden und über sie herzufallen. Wenn unsere alten Freunde nicht da gewesen wären, hätte ich nichts versprechen können.

Wie sie am Wochenende mit Freunden in die kleine Bar gekommen ist, in der ich gearbeitet habe, nur um mit mir zu reden und mich anzulächeln. Sie hatte immer dieses besondere Lächeln, wenn sie mich angesehen hat. Und wenn wir essen gegangen sind und sie kein Geld hatte, um sich etwas zu holen, ließ ich ihr immer etwas von meinem Essen übrig und tat so, als ob ich satt wäre, damit sie meine Reste essen konnte.

Marra war immer da. In meinem Hinterkopf. Sie war eine heimliche Schwärmerei, ein Mädchen, das zu perfekt war, um wahr zu sein, eine gute Freundin. Und es blieb bei Letzterem.

Ich trete aus unserem dunklen, sicheren Versteck heraus und räuspere mich.

Wenn Valerian sie fickt, dann vor unseren Augen. Mit uns.

Noch einmal lasse ich sie mir nicht durch die Lappen gehen.

Ihre Augen blicken mich panisch an, aber sie scheint sich nicht mehr zu schämen, ertappt worden zu sein. Ich gehe auf sie zu und Valerian weicht einen Schritt zurück, nickt mir zuversichtlich zu. Wir drei sind im Laufe der Jahre wie Brüder zusammengewachsen. Ohne diese Idioten geht nichts.

»Eine Frau wie sie fickt man nicht im Dunkeln gegen eine Wand. Zeigen wir ihr, was es heißt, begehrt und voll befriedigt zu werden.« Ich ergreife ihre Hand und ziehe sie aus ihrer Benommenheit hinter mir her, die Treppe hinunter in das gut beleuchtete Wohnzimmer.

Eine warme Atmosphäre umgibt den Raum, und das ist auch gut so.

Ich will nicht, dass Marra sich zwischen uns unwohl fühlt. Ich möchte, dass sie es genießt.

Sie lässt sich sanft auf die Couch sinken, und ich greife nach einer Decke, die ich unter ihren Nacken und ihre Hüften lege. Valerian und Jas betreten hinter uns den Raum, als ich ihr das Top über den Kopf ziehe. Ihre Brüste liegen frei und ich beuge mich über sie, küsse jeden Nippel und beiße sanft hinein. Dann verteile ich Küsse auf ihrer Haut, von ihren Brüsten über ihr Schlüsselbein bis hin zu der empfindlichen Stelle unter ihrem Ohr. Dort angekommen, senke ich meine Stimme so, dass nur sie mich hören kann. »Du hast mich immer gefragt, wer das Mädchen ist, das bei mir immer eine Chance hätte, aber ich habe dir nie eine Antwort gegeben.«

Ich hebe meinen Blick und schaue in ihre sanften braunen Augen. Sie glänzen hoffnungsvoll und ich bin froh, ihr die Antwort geben zu können, die sie hören will.

»Es bist schon immer du gewesen, Marra. Seit ich dich kennengelernt habe, als ich vierzehn war."

Ich küsse sie weiter über ihren Kiefer, bis ich ihre Lippen streife. Mein Schwanz pulsiert jetzt so schmerzhaft vor Verlangen, dass ich mich am liebsten sofort in sie eintauchen würde. Ich habe schon viel zu lange auf diesen Moment gewartet. Sie streicht mit den Fingern über meine verkrampften Arme und ihre Brustwarzen richten sich auf. »Das wollte ich schon lange mit dir machen.«

»Dann wird es höchste Zeit«, antwortet sie und ich küsse sie innig. Unsere Lippen treffen sich brutal und ich fahre mit einer Hand an ihrem Körper entlang. Ihre weichen Kurven fühlen sich unter meinen Fingern perfekt an.

Wie lange habe ich von diesem Moment geträumt. Sie so zu berühren fühlt sich an wie ein Geschenk, als wäre mir eine heilige Macht übergeben worden, die nie für mich bestimmt war. Und doch habe ich sie nun.

Ich löse mich von ihr und fahre mit einer weiteren Hand über ihre Brüste, bevor ich mich zwischen ihre Schenkel senke und an ihnen entlang lecke. Aus dem Augenwinkel sehe ich Jas und Valerian auf mich zukommen. Valerian ist jetzt auch völlig nackt und Jas zieht sich das Hemd über den Kopf.

Das wird ein verdammt aufregendes Wochenende werden.

6
Piercings und verbotener Honig

Marra

Ich glaube, ich bin tot. Es kann nichts anderes sein.

Das muss die Belohnung sein für all die Jahre, in denen ich mich zurückgehalten habe und immer nett und freundlich war. Für das Vertrauen, das ich in Frieden und Ruhe gesetzt habe. Es fühlt sich an wie ein Geschenk des Himmels.

Layton lässt seinen Kopf zwischen meinen Beinen verschwinden und leckt mit seiner Zunge an der Innenseite meines Oberschenkels entlang. Diese Berührung allein ist schon fast zu viel. Mein Herz rast und mein Körper befindet sich in einem Zustand der totalen Ekstase. Genüsslich lehne ich meinen Kopf zurück und drücke ihn in das Kissen, auf das Lay mich gelegt hat.

Ich denke nicht mehr nach. Ich bin schon lange von der Klippe der Vernunft gesprungen. Ich habe die Kontrolle abgegeben.

Und ich will sie nicht zurück.

Mein Blick fällt auf Jasper, der sich neben mich gesetzt hat und auf mich herabschaut. Der Ausdruck in seinen Augen ist wild, fast zerrissen.

Mein Puls beschleunigt sich bei seinem Anblick, seine Jeans hängt offen und locker bis zu den Knien, sein Oberteil ist ein wenig hochgerutscht, sodass ich einen Blick auf seine Bauchmuskeln erhaschen kann.

Ich schlucke schwer und kralle meine Hände in den Stoff der Couch, während Lays Zunge weiter über meine Haut kreist und Linien zieht. Grinsend beiße ich mir auf die Unterlippe und halte Augenkontakt mit Jasper.

Mein Verstand ist benebelt vor Glück.

»Fühlst du dich gut, Baby?« Ich nicke leicht und er beginnt zu lächeln, sein zerzaustes braunes Haar verleiht ihm einen Hauch von Sanftmut.

»Was ist mit dir?« frage ich, und seine Erregung wächst.

»Zuerst werden wir uns um dich kümmern.« Er beugt sich zu mir herunter, presst seine Lippen auf meine und legt eine Hand an meine Wange. Seine Zärtlichkeit raubt mir den letzten Atemzug und ich möchte mich sofort auf ihn stürzen.

Die Zunge, die mich immer noch in den Wahnsinn treibt, gleitet zwischen meine Schamlippen und Layton leckt über meine Nässe. Ich wimmere und gleite noch ein wenig tiefer und zwinge meinen Mund, sich von Jasper zu lösen.

Plötzlich spüre ich, wie seine Finger sanft über meine Haut streichen, zwischen meine Brüste gleiten und meinen Körper zum Kribbeln bringen. Ich zucke unter der Berührung zusammen, weil sie sich zu verlockend anfühlt, und mit Schmetterlingen im Bauch will ich mich von seiner Berührung losreißen, weil ich das Gefühl habe, dass ich kaum atmen kann. Aber ich bleibe, wo ich bin, und beobachte, wie zwei Männer mich gleichzeitig berühren und ich innerlich in Flammen aufgehe.

Layton packt meine Oberschenkel fest und drückt sie weiter auseinander. Ich lasse ihn einfach wortlos gewähren. Er gibt mir das Gefühl, dass er weiß, was er tut.

Und es fühlt sich sündhaft gut an.

Scheiße.

Plötzlich zieht er sich zurück, packt mich an den Hüften und dreht mich auf alle Viere. Ich schnappe erschrocken nach Luft und sehe zu Jasper auf, der mich ansieht, als wolle er mich verschlingen. Ich schlucke schwer.

Vielleicht ist das alles zu viel.

Zu viel auf einmal.

Ich bin diese Art von Berührung nicht gewohnt und stelle plötzlich meine Entscheidung in Frage, diesem Deal zugestimmt zu haben.

Jas legt eine Hand auf meine Wange, streichelt meine Haut und lässt sie zu meinem Hals wandern, wo er fest zudrückt. Ich wimmere unter seinem festen Griff und schließe für einen Moment die Augen. Gleichzeitig öffnet Layton meine Beine ein wenig und ich spüre wieder seine Zunge an meinem Eingang. Diesmal von hinten, intensiver - dominanter. Er leckt zwischen meine Spalte, saugt alle meine Zweifel auf und lässt mich fallen.

Fallen.

Tief, tief, tief.

Und ich schlage nicht mit einem dumpfen Knall auf dem Boden auf.

Nein, ich schwebe weiter.

Er gräbt seine Finger in meinen Hintern und beginnt ihn zu kneten, was mich für eine Sekunde ablenkt, sodass ich Jasper fast völlig vergesse, der seine Unterhose ausgezogen hat und nackt vor mir steht. Ich lecke mir hungrig über die Lippen bei seinem Anblick. Sein Körper ist muskulös, aber nicht zu sehr und er hat recht schmale Hüften, was seinen Penis nur noch größer erscheinen lässt.

Und verdammt, er ist groß.

Und er ist gepierct.

Heilige Scheiße.

Er packt mich an den Haaren und schiebt meinen Kopf ein wenig zurück, während ich mich anstrengen muss, nicht noch tiefer auf Laytons Gesicht zu sinken. Gierig nehme ich Jasper in den Mund, lecke über seine gepierce Spitze und an seinem Schaft entlang, bis ich ihn fast ganz in meinem Mund habe. Langsam fange ich an, meinen Kopf vor und zurück zu bewegen, und ich schaue zu ihm auf, nach der Bestätigung suchend, dass ich alles richtig mache.

Und obwohl er mich aufmerksam anschaut, als würde er nichts von dem spüren, was ich tue, sehe ich es. Sein linkes Auge zuckt für den Bruchteil einer Sekunde und er schluckt schwer. Der Griff in meinem Haar wird fester und ich wimmere, als Lay einen Finger in mich gleiten lässt, mich weitet und dann einen zweiten hinzufügt. »Fuck, Baby, das machst du gut«, höre ich Jasper sagen, und wenn ich nicht so abgelenkt wäre, würde ich sicher rot werden. Aber dafür ist keine Zeit, denn während ich Jasper weiter einen blase und Layton über meine Perle leckt und mich fingert, fällt mein Blick auf Valerian.

Er steht nackt neben der Couch und beobachtet uns.
Mich.

Sein Blick ist seltsam, fast beängstigend.

Dann entdecke ich die kleine Tätowierung auf seiner Hüfte - ein Pinsel, dessen Haare eine feine Linie malen, die in das Kabel von Kopfhörer mündet. Allein dieser Anblick lässt die gleiche Welle in mir aufsteigen, die ich schon im Auto gespürt habe.

Ich möchte vor Vergnügen schreien.

Aber ich lecke über Jaspers Schaft und spanne meine Beine an, als Layton eine empfindliche Stelle trifft und ich unter ihm zu einem Orgasmus zerfließe - meine Augen immer noch auf Valerian gerichtet.

»Du schmeckst wie süßer, verbotener Honig«, grummelt Lay leise, während er meinen Orgasmus einfach aufleckt und dann hinter mir aufsteht. Valerian kommt auf uns zu und ich ziehe mich von Jasper zurück, der mein Haar loslässt, aber die Gelegenheit nicht auslässt, wieder über meine Wange zu streichen. »Ich weiß nicht, was ich sagen soll«, gebe ich zu, aber Jas zuckt nur mit den Schultern. »Sag nichts, Baby. Fühle.«

Valerian ist bei mir, fährt über meine Kurven und reißt mich von Jasper weg - näher zu ihm und lässt unsere Lippen miteinander verschmelzen. Sein Schwanz berührt meinen Bauch und ich spüre sofort wieder eine Art von Lust, die ich selten zuvor gespürt habe.

Wie kann man in nur wenigen Minuten so aufgeladen sein mit Gefühlen und Empfindungen? Ich fühle mich high, als ob ich auf einem verdammten Trip wäre.

Er streicht mit den Fingerspitzen über meine Schultern, über die nackte Haut meiner Arme und verursacht eine Gänsehaut, die sich auf meinem ganzen Körper ausbreitet. Als er sich von mir löst, sieht er mich mit den blauen Augen, von denen ich immer geschwärmt habe, tief an und beißt mir fest auf die Unterlippe.

Ein scharfer Schmerz durchzuckt meinen Körper und ich schmecke das metallische Blut, aber er leckt es weg, dreht uns zusammen auf die Couch, sodass er unter mir liegt und setzt mich dann sanft auf seinen steifen Schwanz. Ich lehne meinen Kopf zurück und stöhne laut - denn, verdammt noch mal, es fühlt sich an, als würde er mich von innen aufspießen.

Ich bin so geil, dass ich Angst habe, auf ihn zu triefen, aber als ich langsam anfange, ihn zu reiten und meine

Hüften in einem rhythmischen Takt auf ihm bewege, fühlt es sich plötzlich so leicht an.

Als hätte ich noch nie etwas anderes getan.

Angestrengt und schwer atmend berühre ich die Tätowierung und er zuckt leicht zusammen.

Ich weiß, was es bedeutet.

Hat er es seinen Jungs erzählt?

Sternchen, echot es durch meinen Kopf und mir fällt auf, dass ich den Spitznamen vorhin vollkommen überhört habe. Er hat mich *Sternchen* genannt.

Meine Kehle schnürt sich zu.

Er scheint zu begreifen, woran ich denke und drückt seine Hüften meinem Ritt entgegen und ich stöhne. Er verfolgt jede meiner Bewegungen mit seinen Augen.

»Erinnerst du dich an diesen Tag, kleine Mar?«

Ich lasse meinen Oberkörper auf seinen sinken, Brust an Brust, und meine Lippen schweben dicht über seinen.

Es ist das erste Mal, dass ich mit einem Mann so intim bin.

Und dann sind es auch noch mehrere Männer und nicht nur einer.

Ich bin wohl ein Alles-oder-Nichts-Mädchen.

Das Kribbeln zwischen meinen Beinen lässt nicht nach, im Gegenteil, ich habe das Gefühl, dass es nur noch stärker wird. »Wie könnte ich das je vergessen?« flüstere ich dicht an seinem Ohr und er beißt mir zustimmend in die Halsbeuge. Grinsend richte ich mich wieder auf und setze den Ritt fort, wobei mein Ego in die Wolken aufsteigt.

Er hat sich ein Tattoo für mich stechen lassen. Und ich dachte, er hätte mich nie wirklich wahrgenommen.

Er lässt seine Hände an meinen Kurven auf und ab wandern, bevor er mich festhält und sich meinen Bewegungen anpasst, indem er seine Hüften im Rhythmus gegen mich bewegt. Ich lehne meinen Kopf zurück, stöhne und spüre, wie ich innerlich aufbreche. Meine Pussy zieht sich um seinen Schwanz zusammen und ich muss meine Finger in seine Haut krallen, um nicht laut aufzuschreien.

Es fühlt sich so kriminell gut an, dass es illegal sein sollte.

Plötzlich steht Jasper hinter mir, und ich spüre, wie er etwas Feuchtes zwischen meinem Arsch reibt - es muss seine Spucke sein, und ich versuche, ihn über meine Schulter zu betrachten, begegne seinen sanften Augen und seinem schelmischen Grinsen. Er leckt sich gierig über die Lippen und fährt mit einer geschlossenen Faust über seinen Schaft, bevor er sich zu mir herunterbeugt und mit der Spitze den Eingang zu meinem Anus sucht. Ich verlangsame meine Bewegungen, mein Herz klopft viel zu schnell, und warte auf das Gefühl, zwei Schwänze gleichzeitig in mir zu haben. Ich schlucke und lasse es mit geschlossenen Augen geschehen. Knurrend, aber immer noch mit Gefühl, bahnt sich Jas seinen Weg in mich und ich schnappe nach Luft. Es fühlt sich nicht ganz so schmerzhaft an, wie ich dachte, aber es ist ein seltsames Gefühl.

Fast so, als wäre ich ganz und nicht halb.

Irgendwie kraftvoll und als würden die Männer mir etwas geben, was ich schon immer gebraucht habe. Jaspers Piercing reibt kühl an meiner Haut, lässt sie schmerzhaft pulsieren, und ich bin kurz davor, erneut zu kommen. Valerian tippt mit zwei Fingern auf meinen Oberschenkel, nachdem er uns aufmerksam beobachtet hat. Ich bewege mich wieder und Jasper wartet einen Moment, bevor er das Tempo erhöht und sich dann rhythmisch in mich stößt.

Es ist gigantisch.

Dieser Moment... raubt mir jeden Atemzug, jeden Gedanken an etwas Schlechtes und jede Chance, das hier zu bereuen.

»Du machst das so verdammt gut, Baby«, sagt Jas grob und stößt noch tiefer in mich hinein. Ich falle ein wenig auf Valerian, der mich grinsend an den Schultern festhält. Ich bin kaum in der Lage, mich aus eigener Kraft zu bewegen, weshalb Valerian meinen Part übernimmt und sich eigenständig von unten in mir bewegt.

Tränen sammeln sich in meinen Augen, weil ich so überwältigt bin, dass mir zum Weinen zumute ist. Als ich ein paar Mal blinzle, erkenne ich Layton vor mir, der sich über Valerian positioniert hat. Sein praller Schwanz ragt mir entgegen und ich greife danach, fahre mit der Hand auf und ab, bis ich mich nicht mehr halten kann und mich wieder abstützen muss. Stattdessen lecke ich mit meiner Zunge über die Spitze und den Schaft, nehme ihn ganz in den Mund und spiele mit meiner Zunge weiter an seiner Haut. Als ich ihn wieder herausgleiten lasse, greift er in meine Haare und wartet kurz, bis ich wieder zu Atem gekommen bin, dann schiebt er sich mir entgegen und ich lasse meine eingezogenen Lippen auf und ab wandern.

Gleichzeitig nimmt Valerian eine Hand von meiner Schulter und führt sie hinunter zu meiner Perle, wo er beginnt, mit ihr zu spielen, sie zu reiben und zu zwicken. Ich stöhne um Lays Schwanz herum und auch Jasper stöhnt tief, als er merkt, wie erregt ich in diesem Moment bin.

Verdammt.

»Sie ist so verdammt perfekt«, höre ich Valerian undeutlich sagen und Jasper klatscht mir auf den Hintern, aber ich zucke nicht zurück.

Ganz im Gegenteil.

Das macht mich noch feuchter und meine Pussy muss inzwischen tropfen. Meine Bauchmuskeln spannen und entspannen sich immer wieder, wenn einer der Jungs eine tiefe Stelle trifft oder mich zum Kommen bringt. Ich weiß nicht, wie viel Zeit vergangen ist, aber es müssen Stunden sein, in denen sie die Positionen gewechselt, mich nur geleckt oder gefingert haben und mich entspannen ließen, bevor sie mich wieder geteilt, auseinandergerissen und wieder zusammengeflickt haben. Meine Schreie, unser Stöhnen und ihr Knurren klingen in meinen Ohren wie eine Dauerschleife, prallen wie ein Echo an der Holzwand ab und erregen mich noch mehr.

Stunden, in denen Jasper meine Haut streichelt und mich sanft schlägt, als wäre es ein und dasselbe.

Stunden, in denen Valerian mich so genau ansieht, als würde er mich verschlingen und mir immer wieder Dinge ins Ohr flüstert.

Stunden, in denen Layton mich aus allen erdenklichen Positionen nimmt, als gäbe es kein Morgen.

Morgen...

Was wird geschehen, wenn sie zum Flughafen zurückkehren? Dann wird es kein Morgen mehr geben.

»Worüber denkst du nach, kleine Mar?« Ich habe den Kopf auf ein Kissen gepresst - meine Arme haben schon lange keine Kraft mehr, mich zu halten. Mein Hintern ist in die Luft gestreckt und Layton stößt hart in mich hinein. Meine Stimme ist rau und fühlt sich kratzig an, als ich zum hundertsten Mal in dieser Nacht zittrig, schreiend komme und Lay auch auf meinem Rücken abspritzt. Ich sinke auf der Couch in mich zusammen und spüre sofort, wie Jasper mich auf seinen Schoß bettet und mir die verschwitzten Haare aus dem Gesicht streicht. »Ich bin glücklich«, flüstere ich als Antwort und er lacht leise. »Das ist es, was wir uns gewünscht haben.«

Und ich meine es auch wirklich so.

Da ist ein warmes und ungewohntes Gefühl in meiner Brust, das mich stundenlang davon abgehalten hat, mich kraftlos fallen zu lassen. Diese Männer haben mir die Möglichkeit zu etwas gegeben, auf das ich selbst nie vorbereitet war. Und das gefällt mir sehr.

Valerian steht am offenen Fenster, immer noch nackt und seine Augen auf mich gerichtet, aber er bläst den Rauch seiner Zigarette aus dem Fenster in den Regen, der draußen auf die Veranda prasselt.

Ich necke ihn nicht und lasse ihn rauchen, schließlich hält er sich schon seit vielen Stunden für mich zurück.

Und konzentriert sich auf ganz andere Dinge.

»Danke«, sage ich, bevor sich meine müden Augenlider langsam schließen und alles schwarz wird.

7
Deckenkampf und italienische Liebesgedichte

Marra

Ich wache auf, weil die eisige Kälte meine Beine berührt. Schützend ziehe ich sie an mich und bleibe in einer Art Embryostellung, aber mir wird nicht wärmer.

Zähneknirschend taste ich in der Dunkelheit nach etwas Weichem und vor allem Warmen. Als meine Finger auf etwas Hartes und ganz offensichtlich Lebendiges stoßen, denn die Reaktion auf mein wildes Herumstochern ist ein tiefes Grummeln, öffne ich widerwillig die Augen und schaue in die Richtung, aus der die tiefen Geräusche kommen.

»Gib mir meine Decke zurück!« flüstere ich mit rauer Stimme, um die anderen nicht zu wecken. Valerian hat die Stirn gerunzelt und klammert sich an die Decke wie ein Koala an seinen Baum. Seufzend greife ich nach seinen Fingern und will sie so sanft wie möglich aus dem festen Griff befreien, doch ich halte einen Moment inne und sehe ihn mir genauer an.

Er sieht wirklich irgendwie niedlich aus.

Wenn er schläft und sich an etwas wie diese verdammte Decke klammert, sieht er nicht wie der böse Biker-Geschäftsmann aus New York aus, sondern wie ein kleiner Junge, der dringend schlafen musste. Sein hellblondes Haar ist zerzaust und seine vollen Lippen sind ein wenig geöffnet. Sein Brustkorb hebt und senkt sich gleichmäßig.

Er sieht aus wie eine markantere und härtere Version von Boyd Holbrook. Mit dem Stoppelbart und den Strähnchen, die ihm ins Gesicht hängen, spiegelt er eine gewisse Intensität wieder, die ich bisher nicht so von ihm kannte.

Ich will mich gerade aufsetzen und nach einer anderen Decke suchen, um den armen Kerl schlafen zu lassen, als ich das leichte Zucken in seinem rechten Mundwinkel bemerke. Empört bleibe ich in meiner Position und schaue genauer hin.

Da ist es wieder: ein Zucken, als ob er sich ein Lachen verkneifen würde.

Ohne einen weiteren Moment zu zögern, schlage ich ihm auf die Schulter und packe den letzten Zipfel der Decke, der noch aus seinen verschränkten Armen herausschaut, und ziehe kräftig daran. »Es ist meine«, brummt er, aber ich lasse mich nicht aufhalten und ziehe weiter. »Val, mir ist kalt.«

Das reicht jetzt. Ich packe die Decke mit beiden Händen und zerre daran, als hinge mein Leben vom letzten Zipfel der Decke ab. Aber Val murrt nur, dreht sich um ... und zieht mich mit sich.

»Ah!«

Mit einem *Wumpf* lande ich halb auf ihm, und sein Ellbogen bohrt sich schmerzhaft in meinen Bauch. Mein Knie stößt gegen seine Rippen, seine Hand liegt - natürlich - auf meinem Oberschenkel und seine Lippen sind viel zu nah an meinem Hals.

»Du kannst mir einfach sagen, dass du *so* am liebsten aufwachst. Dann können wir das jetzt jeden Tag so machen, Sternchen.« Seine Stimme ist rau und ich seufze tief. »Du hast meine Decke gestohlen!«

Er antwortet mir wieder nicht, ist beängstigend still und sein Brustkorb hebt sich in langsamen, sanften Bewegungen. Ist er wirklich so schnell wieder eingeschlafen?

»Teil sie wenigstens mit mir«, versuche ich, aber er macht sich nicht einmal die Mühe, einen kleinen Laut von sich zu geben. Ich rutsche von ihm herunter, was aussehen muss wie eine Robbe, die sich an Land kämpft, und trete dann mit meinen Füßen gegen seine Beine.

Jasper liegt auf der anderen Seite des Sofas - eine wirklich gute Entscheidung meiner Eltern, ein Schlafsofa zu kaufen, auf dem etwa sechs Leute ausgestreckt nebeneinander liegen können, wenn man die Motivation hat, sich zwischen so viele Leute zu quetschen. Aber von Layton kann ich weit und breit nichts sehen.

»Valerian«, flüstere ich und ziehe ihn an den Haaren, aber sein Kopf folgt nur meiner Bewegung. Seufzend reibe ich mir die Arme. Es geht nicht mehr nur um die Kälte - es ist ein Machtkampf.

Denn ich weiß, dass Valerian genau weiß, was hier vor sich geht.

Mein Gott - er hat mich sogar ausgelacht.

»Gut, dann gehe ich jetzt ins Schlafzimmer schlafen.« Ich will mich von der Couch erheben, greife sogar nach der Rückenlehne, um mich hochzuziehen, aber dann höre ich ein Grummeln hinter mir. Ich drehe mich zu ihm um und sehe, dass er einen Arm nach mir ausgestreckt hat.

Seine Augen sind immer noch geschlossen, und auf seinem müden Gesicht liegt eine selige Ruhe.

Weil er es nicht erwartet, greife ich blitzschnell nach der Decke und ziehe sie ihm weg. Erschrocken öffnet er seine hübschen kleinen Augen und sieht mich fassungslos an. »Gut gemacht, Marra, jetzt ist uns beiden kalt.«

Ich rolle mit den Augen und krabble zu ihm, setze mich auf seine Hüfte und drücke seine Schultern auf die Couch.

Ein verruchtes Lächeln legt sich auf meine Lippen.

»Pech gehabt, Deckendieb. Du hättest sie mir einfach zurückgeben können, dann wäre uns beiden noch warm.«

»Aber ich wollte dich ärgern.«

»Dann weißt du ja, wer hier der Schuldige ist.«

Er grinst und ergreift meine Schenkel, drückt sie fest an sich und lässt seinen Blick an meinem nackten Körper entlang gleiten. Neben uns raschelt es und ich bemerke, wie Jasper mit einem verträumten Blick den Kopf aus den Kissen hebt. Zuerst scheint er nicht ganz zu begreifen, was passiert, doch dann lässt er seinen Kopf mit einem Seufzer zurückfallen und lässt seinen Nacken knacken.

Er sieht uns grinsend an und stützt dann amüsiert seinen Kopf auf einen Arm. »Hätte nicht gedacht, dass du *so* dominant bist, Marra.«

Er deutet mit der freien Hand auf uns und ich rutsche mit geröteten Wangen von Valerian herunter, schnappe mir die Decke, die ich vorhin hinter uns geworfen habe, und wickle sie um meinen Körper.

»Oh Sternchen, du brauchst dich nicht zu verstecken.«

Ich setze mich aufrecht an das Kopfende der Couch und lehne mich gegen das Kissen. »Du hast kein Recht mehr, mit mir zu reden. Ich spreche nicht mit Dieben.« Er lacht und beugt sich nach vorne, um eine Strähne meines Haares zwischen seine Finger zu nehmen und sie zu wickeln. Ich starre schweigend auf ihn herab, beobachte, wie sich sein Körper anspannt und wieder entspannt. Seine blauen Augen sind die ganze Zeit auf mich gerichtet, und ich möchte unter seinem Blick schmelzen.

»Ich bin viel schlimmer als ein Dieb, Marra.«

Ich runzle überrascht die Stirn. »Wie meinst du das?«

Er zuckt nur mit den Schultern.

Jasper sieht ihn ein paar Sekunden lang mit einem gefährlichen Schimmer in den Augen an, dann wendet er sich mit einem liebevollen Lächeln an mich. »Hör nicht auf ihn. Er redet nachts gerne Mist, der nicht wahr ist.«

Er steht von der Couch auf, ebenfalls noch nackt, und ich sehe ihm mit zusammengepressten Lippen nach. Erst als sein strammer Hintern hinter der Kücheninsel verschwindet, schaue ich wieder zu Valerian.

Er hebt provozierend eine Augenbraue, woraufhin ich schnaube und ihm den Mittelfinger zeige.

Er kann mich mal.

Jasper öffnet ein paar Hängeschränke, dann scheint er gefunden zu haben, was er gesucht hat, und dreht sich triumphierend zu uns um. »Wie wäre es mit einem kleinen Trinkspiel? Val weck Lay auf.«

Stöhnend rollt sich Valerian über die Couch, als wäre er sechs Jahre alt. »Der Kerl ist ein Miesepeter, wenn man ihn nachts aufweckt.«

Ich kichere und Val stemmt sich hoch, streckt sich und verschwindet im Flur.

Ich stehe ebenfalls von der Couch auf, schnappe mir ein paar Klamotten, um mich und Jas anzuziehen, und gehe zu ihm, der vier Gläser aus dem Schrank holt. Ich nehme die Flasche Whisky und beginne, die Gläser zu füllen. Ich gehe auf Jasper zu, der mich grinsend in den Arm nimmt. Er ist so groß, dass er sein Kinn auf meinen

Kopf stützen kann. Ich kuschle mich an seine warme Brust und schließe die Augen. Sein Shirt riecht nach einer Mischung aus Zitronen und Zigaretten, aber irgendwie ist es angenehm.

»Warum schläft Lay nicht bei uns?«

Er beugt sich zu meinem Ohr hinunter und beißt mir sanft in die Halsbeuge, bevor er flüstert: »Er schläft lieber allein, Baby. So ist er nun mal, so fühlt er sich am wohlsten.«

Er lehnt sich zurück und ich schaue in seine tiefbraunen Augen. Ich muss die Gründe nicht kennen, um es zu verstehen, aber ich kann es einfach akzeptieren. »Warte nur, bis Valerian merkt, dass ich seine Klamotten gestohlen habe, dann wird Layton sich bedanken, dass er für diese Lachnummer geweckt wurde.«

Jaspers Mundwinkel zucken und ich zeige auf den Boden hinter der Kücheninsel, wo ich Valerians Kleidung nach meiner Flucht zu Jasper schnell hingeworfen habe.

Er schüttelt zufrieden den Kopf und streicht mir über Haar und Stirn. »Du legst dich mit dem Teufel an.«

»Er ist ziemlich süß zu mir.«

»Ich würds nicht drauf ankommen lassen, Baby.«

Schmunzelnd nehme ich zwei Gläser und stelle sie auf den Wohnzimmertisch, während Jasper die Whiskeyflasche dreht. »Das wird nicht gut enden«, flüstert er und schaut in den Flur, wo Val verschwunden ist. »Wenn er es schafft, Lay aus dem Bett zu holen«, sagt er, und keine Sekunde später höre ich ein dumpfes Poltern, gefolgt von einem wütenden Fluch.

»WAS ZUM TEUFEL?!« Laytons mürrische Stimme hallt durch die Hütte. Jasper und ich sehen uns abwartend an - dann brechen wir in Gelächter aus.

»Verdammt noch mal, Valerian!« Dann ein harter Aufprall.

»Hat er ihn umgebracht?« Ich keuche zwischen den Lachern und Jas schüttelt den Kopf. »Entweder hat Valerian ihn aus dem Bett gestoßen oder ihm das Kissen ins Gesicht gedrückt.«

»Oder beides«, füge ich hinzu, woraufhin Jasper einen Schluck aus der Flasche nimmt.

Eine Minute später stolziert Val ins Wohnzimmer, selbstgefällig wie ein König, der gerade gekrönt wurde - mit einem zerzausten, sichtlich schlecht gelaunten Layton im Schlepptau.

»Das war ein Attentat«, knurrt Lay, dessen Haare in alle Richtungen abstehen. »Ich hätte sterben können.«

Valerian hebt den Zeigefinger zur Korrektur und streckt den Rücken durch. »Das war ein effektives Wecken, mein Freund. So etwas lernt man schon früh, wenn man mit jemanden wie dir befreundet ist.«

Ich schüttle lachend den Kopf und spiele mit dem Glas in meinen Händen.

Valerian dreht sich mit einem zuversichtlichen Grinsen im Kreis, mustert den Raum und leckt sich die Lippen. »Jetzt setz dich und trink mit uns. Ich habe dich lebend davonkommen lassen, das ist Grund genug zum Feiern.« Layton rollt mit den Augen und setzt sich vor den Kamin. Ich aber beobachte weiter den nackten

Valerian, dem das Grinsen nun von den Lippen rutscht und der sich immer noch irritiert umsieht.

Oh, wie gut es tut, ihn einmal so verwirrt zu sehen, auch wenn er immer noch mit seinem stolzen und durchtrainierten Körper im Raum steht, als wäre er Adonis.

»Hör auf, ihn zu ärgern, Marra«, zischt Jasper, und ich strecke ihm die Zunge raus. »Halt's Maul, verdammt. Es geht um die Decke, ich mache hier keine Witze.« Ich lehne mich auf der Couch zurück und höre zu, wie Valerian weiter durch das Wohnzimmer stapft und sich laut und frustriert fragt: »Wo sind meine Sachen?«. Ich kann mir ein lautes Lachen nicht verkneifen.

»Ich habe sie versteckt«, gebe ich zu und spüre sofort seinen durchdringenden Blick auf mir. »Was?« Seine Stimme wird sofort schärfer, aber ich lasse mir nichts anmerken. Ich deute auf die Kücheninsel und er macht sich schnaubend auf den Weg dorthin.

»Du bist der verdammter Teufel«, brummt er und ich sehe Jasper triumphierend an. »Siehst du? Ich lege mich nicht mit dem Teufel an. Eher mit einem kleinen Kind - ich bin hier der Teufel.«

Ich spreche lauter zu Valerian: »Was hast du denn erwartet? Du hast den Streit mit der Decke angefangen.«

Layton grummelt etwas ironisch vor sich hin, legt das Holz in den Kamin und bringt ihn wieder zum Brennen. »Komm jetzt her, Val, und zieh dich endlich an.«

Valerian zieht sich an, zwinkert Jasper aber spielerisch zu. »Komm schon, ich sehe doch, dass du die

Show genießt, Kumpel.« Er will sich wieder mit Val streiten, aber ich greife schnell ein und reiche beiden ein Glas Whisky.

Jasper rückt auch ein wenig näher.

»Na dann los, kleine Mar.« Layton sieht mich abwartend an.

Ich tue so, als würde ich einen Moment lang nachdenken und starre auf den Rand meines Glases. Dann lächle ich diabolisch und Val lehnt sich nach vorne und stützt sich auf seine Beine.

»Wer von euch hat sich schon einmal beim Sex verletzt?« Nachdem ich die Frage gestellt habe, setze ich mein bestes Pokerface auf.

Schweigen.

Dann räuspert sich Jasper und Layton grinst, wahrscheinlich weiß er, was Jas sagen will, und seine schlechte Laune scheint vergessen zu sein. »Zählt es, wenn ich aus Versehen vom Bett gefallen bin?«

Ich lache laut auf. »Oh mein Gott.«

»Es war ein Hochbett«, fügt Layton hinzu und Jasper wirft ihm einen giftigen Blick zu. Valerian prustet los. »EIN HOCHBETT?!«

Jasper rollt verlegen mit den Augen und reibt sich die Oberschenkel. »Das war kurz nachdem wir nach New York gezogen sind. Ich habe versucht, mich von der Trennung abzulenken, und Layton hat mich in eine billige Bar geschleppt, in der ein 17-jähriges Mädchen so tat, als wäre sie 19, aber ich war so besoffen, dass ich nicht gemerkt habe, dass ich in ihr Kinderzimmer mit einem Etagenbett gegangen bin. Am Ende war es mir sogar egal - bis ich gefallen bin.« Valerian klopft mir lachend auf die Schulter, und ich stimme mit ein. Und ich dachte, alle peinlichen Geschichten kämen von ihm oder Layton, aber nicht von Jasper.

»Erzähl mir mehr«, beginnt Layton, grinst zynisch und lehnt sich entspannt nach hinten. »Wie tief war der Sturz? Hat es *wirklich* wehgetan?«

»Wie schmerzhaft würdest du es nennen, wenn ich zwei Wochen später immer noch wie ein Pinguin herum gelaufen bin? Du Arschloch weißt genau, wie die Geschichte weitergeht.«

»Ja, aber es ist so lustig, sie von dir zu hören. Auch beim dritten Mal.«

»Was ist mit dir?« Ich wende mich an Val, weil ich wissen will, ob er auch eine peinliche Geschichte zu erzählen hat. Aber er zuckt nur mit den Schultern und nimmt einen Schluck. »Ich bleibe ein Mysterium.«

»Feigling«, necke ich ihn und er tippt mir auf die Nasenspitze.

»Ich denke, es ist nur fair, wenn ich im Gegenzug eine der peinlichsten Saufgeschichten über unseren verehrten Valerian erzähle, aber Vorsicht, sie ist relativ lang.« Ich nicke Jasper zustimmend zu und möchte ihn bitten, fortzufahren. Valerian, der gerade sein Glas an die Lippen gehoben hat, macht eine gefährliche Pause. »Wage es, Jasper Bailey, und dies werden die letzten Atemzüge sein, mit denen du jemals eine Geschichte erzählst.«

Layton rollt seufzend mit den Augen und schlägt die Hände über dem Gesicht zusammen. »Nicht schon wieder *diese* Streiterei.«

Valerian sieht ihn an und lacht laut auf. Ich schaue angespannt zwischen den beiden hin und her, mein Herz klopft schnell gegen meine Brust - denn dieser Moment macht mich unglaublich glücklich.

Ich bin glücklich.

So, so glücklich, dass ich schreien könnte.

»Normalerweise wächst das meiste auf Layton Kappe, Marra, also kann er sich nicht wirklich beschweren«, sagt Jasper und Layton hebt unschuldig die Hände. »Ich bin immer ein guter Anstandswauwau.«

»Ja, bis du plötzlich verschwindest, weil du etwas anderes interessanter findest. Normalerweise ist es ein XX-Chromosom auf zwei Beinen, mit langem, schönem Haar, vorzugsweise hell.«

Layton zeigt ihm den Mittelfinger und trinkt sein Glas aus, weil er offensichtlich nicht mehr viel zu sagen hat, und ich sehe wieder zu Jas. Ich möchte, dass er jetzt die Geschichte von Valerian erzählt, denn seine Drohung scheint ihn nicht wirklich zu interessieren.

»Nun, es war vor etwa vier Jahren in einer wirklich schicken Bar in New York - die Art mit Cocktails, die mehr kosten als ein Monatsabonnement für mein Fitnessstudio.« Layton lacht leise. »Sag ihr, warum wir dort waren, Jas.«

Jas schnippt mit den Fingern und grinst frech. »Ja, klar! Valerian dachte, es wäre eine brillante Idee, eine Wette abzuschließen.«

Ich ziehe zweifelnd beide Augenbrauen hoch. Das kann nicht gut ausgehen. Valerian und eine Wette? Oh nein. »Welche?«

»Das war keine Wette, sondern eine Challenge«, wirft der rechtmäßige Protagonist der Geschichte ein, deutet dann aber den anderen an, fortzufahren.

»Unser Herr und Meister hier behauptete, er könne jedes Getränk auf der Karte trinken, ohne zusammenzubrechen.«

»Klingt nach einer schrecklichen Herausforderung«, sage ich lachend und drücke Valerians Hand, um ihn ein wenig zu trösten, während wir über ihn lachen. »Ich war jung und dumm«, brummt er beleidigt, aber ein amüsiertes Grinsen huscht über sein Gesicht. Jasper lacht laut auf, als würde er diese Worte für Wahnsinn halten.

»Also gut. Valerian hat sich also durch die gesamte Getränkekarte gearbeitet. Von Martinis und Tequila mit brennenden Zimtstangen bis hin zu Bier und Wodka. Irgendwann... wurde er emotional.«

Ich blinzle ein paar Mal. Valerian drückt meine Hand fester. »Emotional?«

Layton nickt düster. »Er fing an, selbst Liebesgedichte auf Italienisch zu schreiben und zu verfassen und sie einer völlig fremden Frau vorzutragen.«

Ich drehe meinen Kopf ungläubig zu Val, der nur unschuldig mit den Schultern zuckt und sich grinsend die Lippen leckt. »Es kommt noch besser«, sagt Jasper. »Als sie ihn gekorbt hat, hat er sich einfach eine neue Frau gesucht, die er mit seinem Gefasel belästigen kann. Und dann die nächste. Am Ende des Abends hatte gefühlt jede Frau in dieser Bar Valerians weiche, süße italienische Stimme gehört. So hat er Izabella kennengelernt, eine gute Freundin von uns. Irgendwann stand er barfuß auf der Bar und hielt eine Rede über seine Reime und darüber, dass die Gesellschaft keinen Spaß mehr an der Kunst hat und jeden Pinselstrich nicht genug wertschätzt.«

Inzwischen kann ich nicht mehr und halte mir den Bauch vor Lachen, und ich habe das Gefühl, dass meine Hand gleich abbricht, so fest drücke ich Valerians Finger. »Val, sag mir, dass sie mich verarschen.«

Er schüttelt nur den Kopf und nimmt einen tiefen Schluck aus seinem Glas. »Ich weigere mich, ein Wort über diese Anschuldigungen zu sagen, ich werde sie nicht kommentieren.«

»Doch, das wirst du, mein Freund, denn der beste Teil fehlt noch.« Layton nimmt ebenfalls einen Schluck.

Jasper klatscht lachend in die Hände, als hätte er sich gerade erst daran erinnert, wie die Geschichte ausgeht. »Als wir ihn endlich aus der Bar herausbekamen, wollte er nicht mehr in unsere Wohnung zurück. Er wollte nach Paris fahren. Sofort. Er drückte einem Taxifahrer ein paar hundert Dollar in die Hand und schrie ihn an: 'Monsieur, bringen Sie mich in das Land der Baguettes und Schnurrbärte!'«

Ich kippe fast vom Sofa und Valerian stützt mich unter den Armen, zieht mich schützend an seine Brust und vergräbt seinen Kopf in meinem Nacken. Die Wärme lässt mich wohlfühlen, und ich bin so sehr mit dem Lachen beschäftigt, dass ich mich näher an ihn kuschle. »Und als der Taxifahrer ihn höflich bat, ihn nicht anzuschreien, und ihn fragte, ob er mit Paris irgendeinen geheimen Nachtclub meinte, beschimpfte Val ihn und sagte: 'Stell dich nicht so an, verdammt noch mal' - als ob der Fahrer ihn in Nullkommanichts über das Wasser nach Paris bringen könnte.«

Tränen steigen mir in die Augen und mein Magen schmerzt. Ich kralle meine Finger in Valerians Bein, der mich ansieht, als hätte er noch nie jemanden lachen sehen. Auch er sieht glücklich aus, aber er schweigt. »Was ist dann passiert?« frage ich.

Jasper zuckt mit den Schultern. »Irgendwann haben wir ihn in ein anderes Taxi gesetzt und sind nach Hause gefahren. Aber erst, nachdem er versucht hat, den Türsteher zu überreden, ihm sein Jackett zu verkaufen, weil er 'unbedingt den Pariser Look' brauche.«

Ich glaube, ich kann nicht mehr atmen und habe schließlich das Gefühl, zu ersticken, als Valerian langsam den Kopf schüttelt, sein Glas hebt und murmelt: »Ich hasse euch.«

8
Silhouetten

Valerian

Ich tauche den Pinsel in die dunkelblaue Farbe und ziehe den nächsten Strich auf meiner Leinwand. Trotz der verkabelten Kopfhörer, die mit meinem Walkman verbunden sind, höre ich, wie jemand hinter mir den Raum betritt. Ich weiß, dass *sie* es ist, aber ich tue so, als würde ich sie nicht bemerken.

Ich weiß, dass ihr Kunstunterricht immer nach meinem ist. Ich weiß, wie sie immer fast aus dem Biologieunterricht sprintet, um mich im Kunstraum zu erwischen. Wie sie mich heimlich beobachtet und denkt, ich würde es nicht bemerken. Sie verbringt ihre Pausen draußen mit ihren Freundinnen, um mich im Auge zu behalten, und doch tue ich immer das Gleiche.

Ich rauche eine Zigarette und meistens auch noch eine zweite. Aber ich erlaube mir auch, von Zeit zu Zeit zu ihr hinüberzuschauen. Um sie zu beobachten und zu bewundern. Ihr hellbraunes, langes, glattes Haar. Manchmal trägt sie ihre Brille, manchmal nicht. Ihre braunen, glänzenden Augen und ihre rosa, weichen Lippen. Und wenn sich unsere Blicke kreuzen, ist das wie ein verdammtes Feuerwerk.

Ich dachte immer, ich sei der Beobachter. Aber in Wahrheit sind wir es beide. Ich beobachte jede Bewegung, die sie macht, wie sie zum Mülleimer geht oder den Raum verlässt, um auf die Toilette zu gehen. Meistens tut sie das nur, weil sie die Hoffnung hat, dass ich sie beobachte und ihr das winzige bisschen Aufmerksamkeit schenke, nach dem sie sich sehnt. Sie gesellt sich zu uns und beginnt alle möglichen Gespräche mit Layton, damit sie in meiner Nähe sein kann. Sie macht Witze mit Jasper, damit ich auch über sie lachen kann.

Zuerst dachte ich, es ginge nur um mich. Aber ich habe gemerkt, dass sie etwas an uns dreien mag. Was auch immer es ist, sie kann es nicht loslassen. Layton ist ihr guter Freund, aber Jasper ist vergeben und ich...

Ich bin nur der Beobachter.

So wie sie es ist. Denn obwohl sie all diese Dinge tut, traut sie sich nie, mehr zu tun als das.

Ich wende meine Aufmerksamkeit wieder meiner Leinwand zu, sehe aber im Augenwinkel, wie sie ihre

Sachen neben ihrem Platz abstellt, darunter einen Stapel Bücher. Ganz oben liegt ihr Zeichenblock.

Sie wirft mir einen verstohlenen Blick zu, aber ich zeichne weiter.

Wir sind allein im Raum, aber ich nehme an, dass sie sich nicht traut, etwas zu sagen, weil ich meine Kopfhörer noch in den Ohren habe und mich fälschlicherweise auf meine Arbeit konzentriere.

Sie verlässt den Raum und ich warte noch ein paar Sekunden, bevor ich mich umdrehe und die erste Seite ihres Zeichenblocks aufschlage.

Ich beginne breit zu grinsen.

Ich wusste es.

Es ist ein Bild von *mir*.

Verdammt noch mal.

Von mir, wie ich vor meiner Leinwand stehe, den Pinsel erhoben und die Kopfhörer im Ohr. Die Zeichnung ist noch nicht ganz fertig, aber es ist ein Bild, das sie in den letzten Wochen immer wieder von mir gesehen hat und das sie wohl so sehr inspiriert hat, dass sie es zeichnen wollte.

Dieses Mädchen...

Mein Schwanz wird hart und drückt gegen den Stoff meiner Jeans.

Schluckend klappe ich den Block wieder zu, drehe mich um und beginne, meine Sachen zusammenzusuchen. Nervös drehe ich den Schirm meiner Cap nach hinten und lecke mir über die Lippen. Ich ziehe die Kopfhörer raus und sperre damit »The Way

You Make Me Feel« von *Michael Jackson* aus meinem Kopf. Sie ist verdammt gut im Zeichnen, Marra ist ein kreatives Talent.

Sie kommt zurück in den Raum, diesmal mit ihrer Freundin Elara, und setzt sich auf ihren Platz. Sie tut so, als sei sie nicht an meiner Anwesenheit interessiert, aber ich weiß es besser. Vor ein paar Wochen habe ich mich im Informatikunterricht neben Layton und Elara gesetzt, damit wir die Aufgaben gemeinsam lösen konnten. Sie tat so, als würde es sie nicht stören. Lay unterhielt sich mit Elara, aber es war das erste Gespräch, das ich mit Marra hatte.

Ich weiß noch, wie sie ihr Notizblock herausgezogen hat und mir die Zeichnung unseres Highschool Sportteams ins Auge fiel und sich wie ein Virus in meine Augen einbrannte. Seit ich sie damit aufgezogen habe, weiß sie, dass ich kein Fan von unserem Schulteam bin und ihr abgehobenes Verhalten gewaltig gegen den Strich geht.

»Ich mag dein Kunstwerk.«

Ich sehe sie überrascht an. Ihre braunen Augen mustern mich aufmerksam, und ich spüre, wie mein rechter Mundwinkel leicht nach oben zuckt. Sie wagt es, mich anzusprechen?

Das Mädchen hat ihren Mut zusammengenommen.

»Danke, ich bin heute fertig geworden«, sage ich, und Elara schaut grinsend zwischen uns hin und her, bevor sie mit ihrem Farbtablett den Raum verlässt, vermutlich um frische Farbe zu holen.

»Was war eure Aufgabe?« fragt sie.

»Wir sollten unseren Seelenfrieden zeichnen und ihn mit Farben verstärken.« Meine Zeichnung zeigt zwei Personen, die sich gegenüberstehen und eher durchsichtig sind, wie Silhouetten. Sie sind von hellem Licht umgeben, das ihre Seelen darstellt. Der Hintergrund ist dunkelblau, ähnlich der Farbe meiner Augen, zumindest sagt das mein Kunstlehrer, und er soll Unendlichkeit und Frieden symbolisieren. Der Raum zwischen den Silhouetten ist durch kleine bunte Linien und Flecken gekennzeichnet, wie Gedanken, die von einem zum anderen schweben.

»Kannst du mir das erklären?«

Ich wusste, dass dieses Bild sehr intim sein würde. Ich habe noch nie etwas so Privates und Bedeutungsvolles gezeichnet. Ihr davon zu erzählen, fühlte sich seltsam und gleichzeitig natürlich an. Als ob ich es nur für sie gemalt hätte, nur damit sie mich danach fragen würde. Damit ich ihr meine tiefsten Gedanken offenbaren kann. Vielleicht ist das seltsam, weil wir uns kaum kennen. Wir beobachten uns gegenseitig, wir träumen voneinander, aber das ist auch schon alles.

Ein stiller Traum.

Aber ich vertraue ihr, aus einem unbeschreiblichen Grund.

Ich glaube, sie sieht mich. Sie hat den Valerian King gesehen, den ich vor den meisten Menschen verberge, und sie musste sich nicht einmal anstrengen. Sie musste kein einziges Wort mit mir sprechen, um zu wissen, wie ich bin.

Das jagt mir eine Heidenangst ein, aber ich bin niemand der wegrennt.

»Es sind Seelen, die sich irgendwie treffen. Und die Farben - sie zeigen, wie sie miteinander verbunden sind«, beginne ich und beobachte sie genau, während sie mein Gemälde mit Bewunderung betrachtet, »Seelenfrieden ist nicht unbedingt etwas, das man nur in sich selbst finden kann, sondern auch, wenn man jemandem begegnet, der einen ganz und gar versteht und seine tiefsten Abgründe respektiert, anstatt über einen zu urteilen.«

Ich bin nicht an Frauen interessiert. Ich habe jedes Mädchen, das es mit mir versucht hat, ohne zu zögern abgewiesen. Je mehr Mädchen davon erfuhren, desto weniger versuchten es überhaupt. Vielleicht ist das der Grund, warum Marra nie weiter gegangen ist.

Für mich ist sie die Ausnahme.

Ich glaube nicht an Highschool-Beziehungen, wie Jasper es tut.

Ich gehe nach dem Abschluss nach New York, und das ist für mich Grund genug, mich nicht auf emotionale Beziehungen einzulassen.

Aber Marra...

»Ich hätte nicht erwartet, dass deine Darstellung so tiefgründig ist.«

Ihr Lächeln ist warm und sie sieht mich als Künstler und dann meine Arbeit mit echtem Erstaunen an.

Ihre Worte machen mich stolz, aber sie lösen auch eine Unsicherheit in mir aus, die ich noch nie zuvor gespürt habe. Sie erkennt alles, was ich in diesem Gemälde wiedergeben wollte.

»Ja? Was gefällt dir am besten?« Sie scheint ein wenig über meine Frage nachdenken zu müssen, kommt ein wenig näher und betrachtet jeden Zentimeter meiner Leinwand. »Abgesehen von der Botschaft gefällt mir die unausgesprochene Liebe und Verbindung zwischen den beiden Silhouetten. Die farbenfrohen Lichtstreifen, die sie zusammenführen, sagen mehr, als Worte es je könnten.« Ich lächle sanft über ihre Worte und mir wird warm ums Herz.

Es ist unbegreiflich, was die Anwesenheit dieses Mädchens mit mir macht.

»Aber irgendetwas fehlt noch.« Sie greift nach dem letzten Pinsel, den ich noch nicht weggelegt habe, und taucht ihn in die leuchtend gelbe Farbe auf dem Teller. Meine Hand zuckt, aber dann ziehe ich mich zurück und vertraue einer Frau, die ich kaum kenne und von der ich gleichzeitig weiß, dass sie ein großes Talent hat und eine sanfte Seele ist.

»Darf ich?«

Ich nicke knapp.

»Immer.«

Sie schenkt mir ein echtes Lächeln, und das kleine Grübchen auf der linken Seite ihres Gesichts kommt zum Vorschein. Sie ist wunderschön.

Sie setzt den feinen Pinsel über die beiden Silhouetten und zieht dünne Farblinien über die Leinwand. Als sie weggeht, sehe ich zwei kleine Sterne nebeneinander aufleuchten. Sie erhellen das dunkelblaue Universum.

»Jetzt ist es fertig.«

Sie legt den Pinsel wieder hin und dreht sich lächelnd zu mir um. »Danke«, sage ich und stecke meine Hände unbeholfen in die Vordertaschen meiner Hose. Ein Teil von mir möchte sie hier und jetzt küssen und ihr zeigen, dass es mich nicht kalt lässt, dass sie sich in meinem Bild verewigt hat. Aber das kann ich einfach nicht tun. Das Risiko ist zu groß. Wir können nicht mehr sein als das, was wir sind.

»Hilft dir die Musik beim Malen?« Ihr aufrichtiges Interesse schmeichelt mir.

Ich nicke. »Du solltest es auch versuchen. Es ist wie eine Flucht aus dieser verdammten Stadt.« Es ist kein Geheimnis, wie sehr ich dieses Kaff hasse. Die Dämonen, die hier lauern. Die Menschen, die mein Leben hier zur Hölle gemacht haben.

Ich will einfach nur weg.

»Zuhause lege ich oft eine Kassette von Tina Turner oder Madonna ein. Aber ich bin noch nie auf die Idee gekommen einen Walkman dafür zu benutzen.« Sie klemmt sich ein paar ihrer Haarsträhnen hinter ihr Ohr und beißt sich sanft auf die Unterlippe. Ich ziehe die Kabelkopfhörer aus meinem Walkman, betrachte die ganzen Zeichen und Details die ich darauf gekritzelt habe, und reiche ihn ihr dann. Überrascht sieht sie darauf hinab.

»Du kannst meinen behalten. Dann weiß ich wenigstens, dass die ganze großartigen Zeichnungen, die eines Tages berühmt sein werden, mit der magischen Kraft meines Walkmans unterstützt wurden.« Sie lacht kräftig und laut, eine Tonlage, die ich bei ihr noch nie gehört habe, und greift dann zögernd danach. »Ich denke nicht, dass du später irgendwelche Zeichnungen von mir sehen wirst.« Ich runzle verwundert die Stirn und verschränke die Arme vor der Brust. »Wieso nicht? Du bist eine großartige Künstlerin.« Kichernd und ertötet schüttelt sie langsam den Kopf und streicht mit den Fingern über die kleinen Malereien auf meinem Walkman. Ihrem.

»Ich befürchte, dass das nicht jeder so sehen wird. Ich behalte meine Kunstwerke lieber für mich, da sind sie gut aufgehoben.« Ich stutze. »Es wird immer Menschen geben, für die du nicht gut genug bist, Marra. Deswegen sollte es sich in deinem Leben nicht darum drehen, ob das was du tun willst, das ist, was andere Leute von dir erwarten.« Sie sieht mit geweiteten Augen zu mir auf, ihre Lippen zu einem sanften Lächeln verzogen und ihre Finger fest um den Walkman gewickelt. »So etwas ähnliches hat Jasper letztens auch zu mir gesagt«, murmelt sie leise und ich zwinkere ihr aufbauend zu. »Ein kluger Junge. Du solltest auf ihn hören.«

Ich drehe mich um und greife nach meinem Rucksack, während sie mein Geschenk sorgfältig in ihre

Tasche packt und dann mutig ihre Schultern strafft. »Danke, Valerian. Für den Walkman. Und für deine Worte.«

Ich zucke lässig mit den Schultern und laufe mit schnell klopfenden Herzen auf das Ende des Raumes zu. »Danke auch, für die Vollendung meines Kunstwerkes.«

Sie nickt mir knapp zu. Ich verlasse den Raum.

Diesmal ohne meinen Walkman und mit einem Gefühl in meiner Brust, das ich vorher noch nie gespürt hatte.

Und dieser Moment hat mir erneut die Augen geöffnet.

Egal wie sehr ich mich nach Marra sehne und sie beobachte, obwohl sie das einzige Mädchen ist, für das ich mich interessiere - es muss so bleiben, wie es ist.

Vielleicht habe ich ihr von der Bedeutung meines Bildes erzählt, weil sie die zweite Silhouette ist. Vielleicht ist sie *die* Person.

Und herauszufinden, ob sie mein Seelenfrieden ist, wäre eine Qual. Denn sie ist ein Asheville Mädchen. Und sie ist hier, um zu bleiben. Lieber lasse ich ein Mädchen zurück, das mir einmal einen Steifen gemacht hat, als dass ich meinen Seelenfrieden in meiner eigenen Hölle lasse und ihr den Rücken zuwende. Ich gehe nach New York und nichts kann mich aufhalten.

Sie darf mir nichts bedeuten, auch wenn es dafür schon zu spät sein könnte.

Deshalb muss es hier enden.

9
Pfannkuchen mit Kirschen

Marra

ein ganzer Körper schmerzt, als ich meine müden Augen öffne und mich auf den Rücken drehe. Ich schaue an die Decke und atme ein paar Mal tief durch. Die letzte Nacht war wie ein Fiebertraum.

Mein Schädel pocht von dem vielen Alkohol, den wir uns runtergeschüttet haben, wie als wäre es Wasser, und mein Hals brennt.

Ich habe den Kampf gegen Valerian gewonnen, offensichtlich, und als ich meinen Kopf leicht neige erkenne ich, dass das Feuer im Kamin mittlerweile erloschen ist. Ich höre Vögel von draußen zwitschern und grelles Sonnenlicht scheint in die Hütte. Außerdem ist da noch etwas anderes. Leise Musik und ein sanftes

Summen. Ich richte mich stöhnend auf und ziehe mein Shirt runter, das leicht hochgerutscht war.

Ich komme mir vor wie in meinen Liebesromanen die ich nicht nur leidenschaftlich lese, sondern auch sammle.

Layton steht in der Küche und hantiert am Herd, die Pfanne in seiner Hand schwingt er hin und her. Er bemerkt mich zuerst nicht, da er mit dem Rücken zu mir steht und das Lied aus dem Radio, das er angeschaltet haben muss, leise mitsingt. Es ist »Kiss« von *Prince*. Ich beiße mir auf die Unterlippe um das sanfte Lächeln und das Kichern aufzuhalten das sich an die Oberfläche kämpfen will. Er ist Oberkörperfrei aber trägt eine graue Jogginghose, die er wohl aus seiner Tasche geholt haben muss.

Wenn ich mich richtig erinnere habe auch ich noch einige Klamotten hier, die ich für den Notfall immer dagelassen habe. Sowohl für warme als auch für kalte Tage. Manchmal hielten es meine Eltern für eine tolle Idee spontan zur Hütte rauszufahren und deshalb habe ich angefangen einen kleinen Klamotten Vorrat anzubauen.

»Guten Morgen«, sagt er und dreht sich lächelnd zu mir um. Ich setze mich auf einen der hölzernen Hocker an der Kücheninsel und versuche nicht zu zeigen, wie sehr mich diese Bewegung anstrengt. »Hey«, erwidere ich locker.

»Wo sind die anderen?«

»Hier«, ertönt es hinter mir und die Haustür schwingt auf. Jasper hält eine Tüte mit frische

Lebensmitteln hoch und stellt sie vor mir ab. Layton klatscht begeistert in die Hände und fischt sofort die Sachen heraus, die er braucht. Darunter Kirschen und Erdbeeren, Ahornsirup und Puderzucker. »Ist unsere Schnarsch-Prinzessin auch erwacht?« Valerian schließt die Tür hinter sich und grenzt damit den Lichtwall aus, der zuvor in den Eingangsbereich gefallen ist. Er säubert seine Schuhsohlen am Fußabtreter und lächelt dann breit, als er mich sieht.

Ich muss aussehen wie eine Vogelscheuche.

Aber das stört keinen von ihnen, denn er und Jasper kommen auf mich zu und drücken mir einen Kuss auf den Mundwinkel. »Ich schnarche nicht«, währe ich mich und Val lacht rau und munter. »Wirklich nicht. Ich bin mindestens drei mal wegen Jasper aufgewacht«, mache ich weiter. Jas dreht sich gespielt geschockt zu mir um und drückt sich eine Hand aufs Herz. »Gar nicht wahr! Ich habe eine perfekte Nasenscheidewand.« Ich kichere. »Der Preis für den Schnarchchampion geht ganz klar an Layton«, protestiert Jas und Layton tippt sich beleidigend gegen die Stirn. »Ich glaub du spinnst. Valerian ist der Schuldige.«

Jetzt bricht ein Diskussionschaos aus. Val hebt dramatisch die Arme in die Luft und schüttelt so kräftig seinen Kopf, dass ich sorge habe er fliegt ihm jede Sekunde ab. »Ich schnarche nicht.«

»Mann, du hast fast das Dach weggeblasen. Steh zu deinem Sieg.«

Er stemmt theatralisch die Hände in die Hüfte und sieht uns enttäuscht an. »Ihr habt euch doch gegen mich verschworen, nicht wahr? Erst diese peinliche Story gestern und dann jetzt. Das grenzt an Rufmord.« Ich ziehe ihn an der Hand zu mir, platziere ihn auf dem Hocker neben mir und drücke ihm einen Kuss auf die Wange. »Nein, wir sind deine größten Fans - oh, mächtiger Sieger und Herrscher.« Er rollt mit den Augen, doch er kann das amüsierte Grinsen nicht unterdrücken und lacht letzten Endes laut los.

Layton stellt einen Teller mit Pfannkuchen vor uns ab, daneben eine Schüssel mit den Kirschen und den Erdbeeren und den Ahornsirup mit dem Puderzucker. »Wir frühstücken später. Wir gehen noch eine Runde Spazieren, ein paar Telefonate erledigen«, sagt Jas und schnappt sich schnell eine Kirsche und huscht dann zur Haustür. Val kramt aus seiner Reisetasche einen Laptop mit Modem und zwinkert mir zu. »Hier drinnen ist kaum Netz wir versuchen es draußen mal.« Layton unterbricht sein Handwerk und sieht ihnen hinterher. »Aber du hast doch ein Satellitentelefon, Val.«

»Ja, aber Jas nicht. Keine Ahnung, wir sind jetzt erstmal weg.« Ich winke ihm schwach zu.

»Bis später«, verabschiede ich mich und die beiden lassen uns wieder alleine.

Ich nehme mir einen Pfannkuchen und verziere ihn ein wenig mit den Früchten und dem Sirup. »Die Arbeit lässt euch wohl nicht in Ruhe?« Er schüttelt stumm den Kopf. »Valerian hat neben unserer Firma noch ein paar andere Projekte, um sein Ziel zu erreichen. Außerdem müssen Jasper und ich überprüfen, ob unsere Vertreter alles richtig machen.«

Die Jungs haben eine Menge Geld verdient, seit sie Asheville verlassen haben, und ich weiß, dass viele Leute für sie arbeiten. Aber es sieht so aus, als würden sie immer noch einen Großteil der Arbeit selbst erledigen.

»Und was ist Valerians Ziel?«

Er zuckt mit den Schultern und setzt sich neben mich. »Das weiß nur er selbst.« Ich habe das Gefühl, dass das nicht alles ist, aber ich dränge ihn nicht, mir mehr zu sagen.

Warum sollte er mir alles erzählen?

Nach diesem Wochenende werde ich sie wahrscheinlich sowieso nicht mehr sehen. Wir beginnen schweigend zu essen, aber das ist überhaupt nicht seltsam oder unangenehm. Ganz im Gegenteil.

Obwohl ich die ganze Nacht abwechselnd mit einem oder mehreren Männern zusammen war, fühlt es sich ganz normal an, neben ihm zu sitzen und zu frühstücken. Ich weiß nicht einmal, wie viel Uhr es ist, aber das stört mich nicht. Es ist wie eine Flucht aus der normalen Routine, die mein Leben prägt. Und das ist es, was ich mir ausgesucht habe. Das ist mein Zuhause, und nirgendwo würde ich die Ruhe mehr genießen als hier. Aber ich darf mir auch ab und zu eine Auszeit gönnen.

Dagegen ist doch nichts einzuwenden, oder?

»Darf ich dich etwas fragen?« Er nimmt zögernd einen Bissen von seinem ersten Pfannkuchen und ich nicke. »Hast du nie das Bedürfnis, von hier wegzukommen?« Ich weiß, dass Valerian diesen Ort hasst und dass es für ihn nie eine andere Möglichkeit gab, als von hier zu verschwinden. Aber Lay? Ich war ein Teil seiner Jugend und er hatte eine Menge Spaß, das weiß ich. New York hat ihm neue Möglichkeiten eröffnet, das ist sicher, aber warum hasst *er* diese Stadt?

»Ich glaube, ich habe mich immer mit der Stille wohl gefühlt. Die Menschen können anstrengend sein, aber ich habe gelernt, damit zu leben. Außerdem beliefere ich die Stadt mit Blumenkränzen und anderen Dekorationen für die Feiertage - das ist ein gutes Einkommen.«

Ich nehme ein paar Bissen und merke, wie gebannt er mir zuhört. Also rede ich weiter. »Ich brauche den Trubel nicht und ich lebe lieber in einem kleinen, echten Kreis als in einem großen, in dem mich die meisten Leute nicht ausstehen können. In New York wäre das ganz anders.«

»Das kann ich verstehen, aber sei vorsichtig, wem du vertraust. Zucker und Salz sehen identisch aus, Marra. Wir sind einfach vor dir aufgetaucht und du hast uns in dein Familienhaus gelassen. Du hast uns deinen Körper gegeben, ohne an uns zu zweifeln.« Ich beginne breit zu grinsen. Ich weiß, dass er versucht, mich zu verunsichern, um mich zu testen. Aber ich bin schlauer als das.

»Ich vertraue euch.«

»Aber warum?«

»Wir sind Freunde, seit wir junge Teenager waren, Layton.«

Er schüttelt hartnäckig den Kopf. »Wir haben seit Jahren keinen Kontakt mehr.«

»Das ist für mich nicht wichtig. Du hast mir damals immer gezeigt, dass du mir treu bist und dass ich dir wichtig bin, auch wenn daraus nie mehr geworden ist.« Ich halte einen Moment die Luft an und warte ab, wie er auf meine Worte reagiert. Er legt den Kopf ein wenig schief und sieht mich prüfend an.

»Ich habe dich immer gemocht, kleine Mar. Ich würde dir nie etwas Böses antun.«

Erleichtert atme ich aus. »Siehst du. Ich habe mich mit den Richtigen eingelassen.«

»Ja«, beginnt er, »aber du darfst nicht vergessen, dass Jasper und Valerian anders sein können. Sie wollen dich mindestens genauso sehr wie ich und sie kennen dich bei weitem nicht so gut wie ich es tue. Sie genießen das, was hier gerade passiert, aber selbst als ihr bester Freund weiß ich nicht, wie sich das entwickeln wird.«

Ich weiß, was er meint. Wir haben uns darauf geeinigt, ein Wochenende ohne Konsequenzen und ohne Zukunft zu genießen. Aber keiner von uns weiß, was danach wirklich passieren wird. Am Ende haben wir keine andere Wahl, als in unser Leben zurückzukehren. So muss es sein. Aber vielleicht wird es nicht so einfach sein, wie wir dachten.

»Jasper ist eigentlich wegen Jadies Hochzeit hier. Valerian ist mitgekommen, weil Jas ihn mehr oder weniger dazu gezwungen hat. Ich bin hier, weil ich meine besten Freunde nie ohne mich dummes Zeug machen lasse. Aber dann haben wir dich wiedergesehen, weil Jas es auch für eine gute Idee hielt, bei einem Wiedersehen vorbeizuschauen. Ich meine, wie groß ist die Wahrscheinlichkeit, dass ein Klassentreffen und eine Hochzeit auf das gleiche Wochenende fallen?«

»Ziemlich gering.«

»Richtig. Aber es ist so, und wir haben alle drei das bekommen, wovon wir als Teenager nachts geträumt haben. Aber was ist mit dir?«

Ich verdrehe die Augen und seufze enttäuscht.

»Gott, Layton, ich bin nicht anders. Ich hätte mich sonst nie auf so etwas eingelassen.«

Als ich einen Pfannkuchen aufrolle und zum Mund führe, läuft Sirup heraus und tropft auf mein Kinn und die freie Haut zwischen meinem Hemd.

Fluchend lege ich ihn wieder hin und wische es mit dem Zeigefinger weg, bevor ich ihn ablecke. Lay folgt meinen Bewegungen mit einem hungrigen Blick. Schmetterlinge fliegen wie ein Tornado durch meinen Magen und eine Röte steigt mir in die Wangen.

»Sieh mich nicht so an«, sage ich flüsternd und wende den Blick ab. Er lacht und packt mein Kinn, um mein Gesicht wieder zu sich zu ziehen. Dann wischt er mit seinem Daumen noch mehr Sirup ab, den ich wohl übersehen habe. »Das steht dir. Du solltest öfter so herumlaufen.«

Ich kichere, lecke mir über die Lippen und erstarre, als er seinen Daumen in meinen Mund schiebt und mich einladend ansieht. Ich schließe meine Lippen um seinen

Finger und schmecke sofort den restlichen Sirup. Mit einem angenehmen Plopp zieht er ihn wieder heraus.

»Zieh dein Hemd aus, kleine Mar.« Seine Stimme ist rauer und tiefer als zuvor, was mir zeigt, wie erregt er ist. Ein Blick auf seinen Schritt ist der endgültige Beweis - unter dem grauen Stoff bildet sich eine große Beule. Ich tue wie mir geheißen und lasse das Hemd von den Schultern gleiten, so dass es auf dem Boden landet und ich nackt vor ihm sitze. Sein hungriger Blick gleitet an meinem Körper auf und ab, brennt auf meiner Haut. »Setz dich auf die Insel und spreiz deine Beine.«

Ich hüpfe vom Hocker auf die Kücheninsel, der kalte Stein lässt meinen Körper erschaudern, aber ich stelle jeweils einen Fuß auf den Hocker und spreize meine Beine, wie er gesagt hat. Er hat einen perfekten, ungehinderten Blick auf meine Mitte.

»Fuck, Kleine, du siehst so verdammt sexy aus«, murmelt er und presst seine Lippen auf meine. Seine Zunge bahnt sich ihren Weg zu meiner und sie umkreisen sich gegenseitig, eine Hand an seinem Hinterkopf, die andere stützt mich. Mein Unterleib spannt sich erregt an und mein Herz schlägt wild und unbändig gegen meinen Brustkorb. Vor ein paar Monaten haben meine Mutter und ich in dieser Küche einen Kuchen gebacken. Jetzt bin ich hier mit einem Mann und werde durchgevögelt.

Wie sich die Zeiten ändern.

Ich spüre, wie sich seine Finger meinen Schamlippen nähern und zwischen sie gleiten. Mit der anderen Hand spielt er mit meinen harten, aufgestellten Nippeln und ich seufze gegen seinen Mund.

Ich bin feucht und es dauert nicht lange, bis er mit zwei Fingern auf einmal in mich eindringt und seine Lippen sich einen Weg in meine Halsbeuge bahnen. Ich lasse meinen Kopf zurückfallen und stöhne tief und lustvoll, als er meine Perle reibt und seine Finger rhythmisch in mich stößt, während er mit seinen Lippen sanft an meinen Brustwarzen saugt.

Ich weiß nicht, wo er gelernt hat, eine Frau so zu verwöhnen.

Verdammt, ich bin froh, dass er es kann.

»Fuck«, raune ich und er richtet sich vor mir auf. »Bist du bereit?« Ich nicke tapfer und ohne eine weitere Sekunde zu zögern, zieht er sich die Jogginghose aus. Ich greife seinen prallen Schaft, lasse meine Faust auf und ab gleiten, drücke ab und zu etwas fester zu, und ich sehe an seinem Gesichtsausdruck, dass es ihm gefällt. »Du kannst führen«, sagt er grob und ich nicke erregt. »Mmm.«

Er tritt einen Schritt näher an mich heran, so dass seine Spitze meinen Schlitz berührt, und ich führe ihn auf und ab. Mein Körper zittert und bebt unter der Lust, die sich durch die Reibung aufbaut, und ich stoße ein ersticktes Keuchen aus. »Gefällt dir das?«

»Es fühlt sich irgendwie empfindlich an«, beginne ich und konzentriere mich auf die Bewegung, »aber auch irgendwie wie das beste Vorspiel überhaupt.« Schon als Valerian gestern seinen Schwanz zwischen meinen Schamlippen gerieben hat, bin ich fast geplatzt.

Ich halte es nicht mehr aus und schiebe Laytons Schwanz tiefer in meinen Eingang, dann ziehe ich meine Hand weg und nicke ihm zu. Er bewegt seine Hüften so ruckartig und fest, dass ich ein wenig aufjauchze und nach hinten rutsche, aber es ist ein angenehmer Schmerz.

Meine Augen rollen zurück und ich beiße mir auf die Unterlippe.

»Halt dich fest«, knurrt er rau und stößt tiefer in mich hinein, fester, füllt mich ganz von innen aus. Er schlingt eine Hand um meinen unteren Rücken, damit ich nicht wegrutsche, und mit der anderen packt er meine linke Schulter.

Unser Atem geht schnell, und ich ziehe die Zehen ein, als er einen befriedigenden Rhythmus findet und mich so barbarisch gut fickt, dass ich mir wünsche, ich könnte nichts anderes tun.

»Wie soll ich nach morgen aufhören?«

Seine Worte lassen mein Herz einen Moment lang aufhören zu schlagen.

Ich antworte nicht, denn was soll ich sagen? Ich weiß ja nicht einmal selbst, was nach diesem Wochenende passieren wird. Und ich kann ihm nichts sagen, wovon ich nicht selbst völlig überzeugt bin. Ich habe Lay noch nie belogen und ich will auch gar nicht damit anfangen.

Layton und ich sind schon seit unserer Jugend geil aufeinander, aber wir haben es gekonnt ignoriert. Jetzt, wo wir unserer Lust freien Lauf lassen, ist es, als hätten wir nie etwas anderes getan. Jasper war zu der Zeit vergeben, also hätte ich allein aus diesem Grund nie etwas mit ihm versucht. Aber es sieht so aus, als hätte er mich genauso gebraucht wie ich ihn.

Und, Scheiße, Valerian hat ein Tattoo, das ihn immer an unser Gespräch erinnern wird. Wie er mir einen Teil von sich selbst offenbart hat, den niemand sonst je kannte. Ich wusste immer, warum Valerian sich nie mit jemandem eingelassen hat. Kein Mädchen hat ihn um den Finger wickeln können. Asheville ist nicht sein Zuhause.

Das war mir schon früh klar, und doch habe ich mir jedes Mal, wenn ich ein wenig Zeit mit ihm verbringen konnte, gewünscht, es wäre anders.

Und dieses Wochenende gibt mir eine Vorschau auf ein Leben, das ich hätte haben können. Irgendwie.

Sicherlich nicht mit allen dreien. Aber vielleicht mit einem.

Entweder mit Layton, einem Partner und Freund zugleich, der mir pures Vertrauen schenkt.

Oder Valerian, der Besitzergreifende mit dem fesselnden Blick und der Einstellung, mich vor allem und jedem beschützen zu wollen.

Und Jasper wäre ein Partner, der nur Augen für mich hat, mir Ruhe und Verständnis entgegenbringt und mich als erster zu Hause ins Bett ziehen will.

Ein Leben mit ihnen allen wäre interessant - aber es ist aussichtslos. »Wir haben noch Zeit«, versuche ich, uns beide aufzumuntern. Denn dieses Wochenende neigt sich dem Ende zu.

Eine Welle baut sich in mir auf und ich kralle mich in seine Haut, suche nach einer Möglichkeit, ihn zu retten. Aber vergeblich. Tränen brennen in meinen Augen, als er mich in den Hals beißt und sein Körper zittert. Wir kommen gleichzeitig, er stöhnt, ich halte die Luft an, um nicht zu schreien, und er zieht sich schnell aus mir zurück.

»Danke, dass du mir vertraust, Marra.«

Dann drückt er mir einen sanften Kuss auf die Schläfe und fährt mit seinen Händen über meinen Körper. Ich schlucke schwer, denn seine Worte lösen eine Wärme in mir aus, die für nichts Gutes spricht.

Ich darf mich nicht verlieben.

Aber dann ist die Wärme wieder weg, als ich sehe, wie sein Gesichtsausdruck sich langsam ändert. Er runzelt die Stirn und entfernt sich ein wenig von mir, wirft mir einen raschen Blick zu.

Unbeholfen bleibe ich wo ich bin, meine Brust hebt und senkt sich noch immer rasant schnell, und ich versuche herauszufinden was plötzlich los ist.

»Wieso hast du damals nicht mit mir gesprochen aber mit Jasper schon?« Der Blick, mit dem er mich nach seinen Worten ansieht, frisst ein riesiges schmerzvolles Loch in meine Brust. Meine Lippen öffnen sich und ich will etwas sagen, doch ich weiß nicht einmal annähernd, was. »Ich hätte dir geholfen neue Dinge zu erleben. Unvorhersehbar zu sein. Raus zu kommen.«

Seine Stimme ist ruhig aber mir würde niemals entgehen, wie viel Verwirrung und Schmerz darin liegt.

Angst legt sich auf meine Gliedmaßen und ich schlucke hart, weil ich nicht will, dass ich ihn verletze oder verärgere. Lay und ich haben als junge Teenager einige Dinge ausprobiert. Gras rauchen, meine erste Übernachtung bei einem Jungen auch wenn es mit anderen Freunden war, Alkohol trinken... aber dann haben wir uns voneinander entfernt und zurückgeblieben ist die Marra, die brav Zuhause in ihrem Zimmer saß und diese Dinge nur noch blass in Erinnerung hatte.

»Ich war jung und wusste nicht was ich wollte. Jasper hat einfach nur gesehen, was ich mir selbst nie eingestehen wollte. Meine innere Rebellion mal gegen die Regeln zu verstoßen, die ich mir selbst aufgelegt habe.« Er stützt sich auf der Inselplatte ab und mustert mich trüb. Seine Augenbrauen sind nachdenklich zusammengezogen und seine Arme sind angespannt. »Und jetzt weißt du was du willst?«

Ich zucke mit den Schultern. »Ich weiß, dass ich dieses Wochenende will.«

»Und danach?«

Ich antworte nicht direkt, wende meinen Blick ab und suche nach etwas im Raum, an das ich mich festkrallen kann. Ich müsste mich für meinen Willen und meine Entscheidung nicht schämen, denn sie entsprechen der Abmachung. Aber trotzdem ist es nicht leicht es ihm ins Gesicht zu sagen.

»Danach will ich meine Ruhe.«

Unsere Augen treffen sich und das Bernstein seiner Augen hat all sein Glanz verloren, als er mich lange und eingehend ansieht. Ich hoffe, dass er mir ansehen kann, dass ich ihn niemals verletzen will. Auch, dass ich mich als junges Mädchen nicht an ihn gewandt habe, war ein Problem meines eigenen inneres Kampfes und nicht, weil ich ihm nicht vertraut hätte.

»Geh duschen, wir müssen bald zur Hochzeit aufbrechen.« Er zieht sich seine Jogginghose hoch und verschwindet aus der Haustür, lässt mich zurück mit einem fettem Kloß im Hals.

10

Dampfsauna

Jasper

Valerian reicht mir eine von seinen Malboro Zigaretten und ich stecke sie zwischen meine Lippen, bevor ich das Feuerzeug hochhalte und sie anzünde.

Ich nehme einen tiefen Zug und schließe für einen Moment die Augen.

Scheiße, ich bin nicht in der Stimmung für diese verdammte Hochzeit. Aber, dass Marra bei uns ist, macht mich ein bisschen glücklicher, und ich glaube, dass ich vielleicht sogar Spaß haben werde. Mit Marra ist alles lustig - das war schon immer so. Ich erinnere mich noch gut an die wenigen Momente, in denen ich mich über sie lustig gemacht und mit ihr gescherzt habe. Ich bin mir ziemlich sicher, dass sie sich irgendwann von mir ferngehalten hat, weil sie dachte, dass Jadie eifersüchtig war und Marra nicht lustig fand.

Jadie mochte sie wirklich. Obwohl sie nicht viel miteinander zu tun hatten, hat sie nie ein schlechtes Wort über Mar gesagt und sich immer gefreut, wenn sie uns zusammen lachen sah.

Ich finde das komisch, aber Jadie ist nunmal... Jadie.

Am Anfang wusste Marra nicht einmal, dass ich vergeben war. Wir haben uns durch unsere Sitznachbarn im Erdkundeunterricht kennengelernt, und erst als ich regelmäßig mit Knutschflecken auftauchte, wurde ihr klar, dass sie mich nicht haben konnte. Ich muss zugeben, dass es sehr lustig war, als sie mich und Jadie irgendwann zusammen sah, beide mit Knutschflecken und sehr vertraut, und sie eins und eins zusammenzählte. Sie hätte ihren Gesichtsausdruck sehen sollen.

In den darauf folgenden Wochen gab sie sich große Mühe, Jadie zu zeigen, dass sie nichts von mir wollte. Ich glaube, sie fühlte sich schuldig, weil sie sich immer so gut mit mir verstand und nicht wusste, dass meine Freundin uns beim Lachen zusah und die Unterrichtsstunden mit anderen Dingen verbrachte, als zuzuhören.

Jadie selbst suchte sogar die Nähe von Marra, um sie besser kennen zu lernen. Damals dachte ich, Jadie sei auf der Suche nach einem Kandidaten für einen Dreier. Wir hatten ab und zu wilde Gespräche über dieses Thema, aber sobald ich das Gefühl hatte, dass Jadie es auf Marra abgesehen hatte, habe ich es abgelehnt. Damals dachte ich nicht, dass sie für so etwas geeignet war - das zarte junge Mädchen bei einem Dreier?

Niemals.

Vielleicht ist es jetzt anders, aber damals wollte ich sie da raushalten.

Aber immer wenn sie nicht da war, fehlte etwas. Erdkunde ohne Marra war langweilig. In den drei Jahren, in denen wir uns regelmäßig sahen, merkte ich, wie sehr ich sie eigentlich mochte. So sehr, dass ich kurz vor unserem Abschluss mit Jadie Schluss gemacht habe, weil es sich einfach nicht richtig anfühlte. Marra verkehrte nicht wirklich in unseren Kreisen, sie hatte keine Kiffer- oder Trinkerfreunde, deshalb hat sie die Trennung nicht bemerkt. Dann erfuhr ich, dass sie nach Weaverville zog, in eine kleine Wohnung, und ich beschloss, meine Jungs nach New York zu begleiten. Sie haben monatelang versucht, mich zu überreden, mit ihnen zu kommen, aber solange ich mit Jadie zusammen war, kam das für mich nicht in Frage. Mich kurz nach der Trennung an ein anderes Mädchen zu binden, an eine so schöne Frau wie Marra, wäre nicht gut für mich gewesen. Ich musste mich selbst finden, ein paar Jahre mit meinen Jungs verbringen. New York war die perfekte Fluchtmöglichkeit. Die Hochzeitseinladung und der Brief, der uns zum Klassentreffen einlud, kamen da gerade recht.

Valerian und Layton denken, ich hätte sie nur zur Unterstützung mitgeschleppt. Aber jeder von uns hat ein dunkles Geheimnis.

Meines ist, dass ich hauptsächlich in der Hoffnung gekommen bin, Marra wiederzusehen. Ich wollte mir einreden, dass ich sie aus den richtigen Gründen zurückgelassen habe. Aber sie hat immer noch keinen Mann, keine eigene Familie. Außerdem weiß ich, wie süchtig Lay und Val in ihrer Jugend nach ihr waren. Ich musste sie mitnehmen.

Und alles hat sich besser entwickelt, als ich es mir vorgestellt habe.

Und gleichzeitig ist es ein riesiges Desaster.

Ich glaube, wir alle haben mit ihr einen Teil von uns selbst verloren. Ich habe den ganzen Morgen darüber nachgedacht, wie es sein kann, dass wir uns alle auf einer so tiefen Ebene mit ihr verstehen. Ich meine, es ist unglaublich, wie gut wir zusammenarbeiten. Es ist unmöglich, dass vier Menschen einander so leidenschaftlich und freundschaftlich zugetan sind.

Aber ich kann keine andere Lösung dafür finden, als dass wir vor vielen Jahren einen Teil von uns in Asheville zurückgelassen haben und dieser Teil auf den heutigen Tag gewartet hat. Wir haben uns alle in sie verliebt.

Und wir sind irgendwie nie davon losgekommen.

Ich will nicht sagen, dass ich sie immer noch liebe.

Aber allein ihr Anblick lässt meinen Schwanz prall und steif werden. Alles in mir schmerzt, wenn ich sie nicht berühren kann.

Und ich bin mir ziemlich sicher, dass es nicht so einfach sein wird, wie wir dachten, diese Stadt hinter uns zu lassen. Zum zweiten Mal.

Vielleicht war es doch ein Fehler, zurückzukommen.

»Izabella hört nicht auf, mich anzurufen«, flucht Valerian und schaut mit gerunzelter Stirn auf sein Satellitentelefon. Ich beobachte ihn einen Moment lang, wie er es ganz ausschaltet und dann in seine Tasche steckt.

»Meinst du, es ist eine gute Idee, sie zu ignorieren?« Er zuckt nur mit den Schultern, als ob ihn das Thema völlig kalt lässt. Aber ich weiß, wie sehr es ihn beunruhigt. Die Tür geht auf, und Layton tritt zu uns hinaus, sein Haar ist zerzaust und seine Lippen geschwollen. Ich beginne laut zu lachen.

»Sieht aus, als hättet ihr euch gut amüsiert.«

Ein breites Lächeln bildet sich auf seinen Lippen und er lehnt sich gegen die hölzerne Veranda. »Der Sirup auf ihrer Haut war schuld.« Valerian wirft ihm einen bösen Blick zu, aber Layton ignoriert ihn.

»Deinem Gesichtsausdruck nach zu urteilen, würde ich sagen, du bist wirklich am Arsch, Bruder«, brummt er Val zu.

Er grunzt schlecht gelaunt, sein schwarzes Hemd ist in seine dunkle Hose gesteckt und er trägt eine Cap über seinem blonden Haar.

»Tu nicht so, als wärst du nicht auch total süchtig nach ihr«, verteidige ich ihn, aber Lay schüttelt den Kopf. »Ich habe nie aufgehört, süchtig nach ihr zu sein. Ich habe mich nur daran gewöhnt, es zu verbergen, seit ich vierzehn bin.«

Ja, der Scheißkerl hatte es noch schwerer als wir. Er war immer in ihrer Nähe. Immer nah und doch immer weit weg.

»Wie wäre es, wenn wir sie einfach entführen und mitschleppen?« schlägt Valerian vor, und es herrscht ein paar Sekunden lang Schweigen.

Eigentlich ist das gar keine so schlechte Idee, aber ich halte nichts von illegalen Entführungen und Nötigungen. Und ich finde, dass das, was hier passiert, hier bleiben sollte. Marra hat sich darauf eingelassen, weil es nur für ein Wochenende ist. Ich habe ihr versprochen, dass es keine Zukunft und keine Konsequenzen geben wird. Sie weiß nicht einmal wirklich, mit wem sie es hier zu tun hat.

Und ich halte meine Versprechen grundsätzlich immer ein.

»Das können wir nicht tun. Sie gehört hierher.«

Ich kann Valerians tötenden Blick spüren. Er war schon immer ein eifersüchtiger, sturer und besitzergreifender Mensch. Bei anderen kann er das gut verbergen und trägt eine Maske der Gleichgültigkeit, wirkt praktisch ständig gelangweilt oder desinteressiert, aber nicht bei uns. Valerian ist kreativ, leidenschaftlich und steckt sein ganzes Herz in Dinge, die er wirklich will.

»Du kannst sie nicht haben, Val. Sie gehört dem Frieden.« Und er weiß besser als jeder andere, dass er nicht der Frieden ist. Ich stampfe meine glühende Zigarettenkippe aus.

»Apropos, wolltest du nicht mit Klaus telefonieren?«
fragt Layton und lenkt damit geschickt vom Thema ab.
Val musste auf unserem Spaziergang ein paar Anrufe
tätigen oder Mails beantworten, und einer von diesen
dringlichen Leuten war Klaus, das ist wahr. Aber da ich
schon weiß, was er ihm sagen will, beende ich das
Gespräch an dieser Stelle und gehe ins Haus, um unser
kleines Mädchen zu suchen.

Als ich das Rauschen hinter der Badezimmertür höre,
überlege ich kurz, was ich tun soll, aber dann öffne ich die
Tür und trete in einen Wall aus purer Saunahitze und
Dampf.

Meine Güte, wie heiß ist ihre Dusche?

Das Bad ist mit Holzwänden, kleinen Deckenlampen
und braunen Kacheln ausgestattet. Sie bemerkt mich
nicht und ich nutze den Überraschungseffekt, entledige
mich meiner Kleidung und beobachte sie. Sie hat einen
perfekten Körper. Sie bewegt sich zart und sanft, aber sie
hat auch eine gewisse raue Härte an sich. Ihre
Oberschenkel und Hüften sind rund und fest, ihr Po ist
prall. Sie hat weiche Kurven, eine nicht besonders große
Oberweite und schlanke Waden. Ihr braunes Haar ist an
den Wurzeln dunkler als an den Spitzen, wo es eher
hellblond ist.

Ich weiß eine Menge über sie, und sie wäre sicher
sehr überrascht.

Sie hat als kleines Mädchen reiten gelernt, weil ihre
Mutter einen Rappen hatte - und so habe ich es
besonders genossen, als sie mich heute Abend

stundenlang geritten hat und dabei ihre Hüften wie ein Profi bewegte.

Zwei Jahre hintereinander stürzte sie vom Pferd und brach sich das linke und im nächsten Jahr das rechte Handgelenk. Kurze Zeit später brach sie sich den Knöchel. Fühle ich mich wie ein Stalker? Vielleicht ein bisschen.

Jetzt sieht sie mich, aber sie zuckt nicht erschrocken zusammen, sondern öffnet mir mit einem schmeichelhaften Lächeln die Duschtür. Ich bin mir ziemlich sicher, dass sie mich in den Wahnsinn treibt, aber das sollte sie besser nicht wissen. Sie drückt sich fest an die Duschwand und ich stehe unter dem Wasserstrahl. Sie muss einen CD-Player, denn »Do you wanna touch me« von *Joan Jett & the Blackhearts* schallt laut durch den Raum.

»Hey«, sagt sie leise und schürzt grinsend die Lippen, als ich ihre Hand an meine Lippen hebe und einen sanften Kuss darauf gebe. »Baby«, antworte ich und merke, wie sie bei diesem Kosenamen ein wenig zusammenzuckt.

»Ich bin froh, dass du mir eine Weile Gesellschaft leistest.«

»Das hoffe ich«, sage ich lachend und greife nach der Seife, gebe ein wenig davon auf meine Handfläche und packe dann ihren Arm. Grob ziehe ich sie zu mir und schäume ihr Haar ein.

Wir sagen nichts, während mein Schwanz immer steifer wird und gegen ihren Bauch drückt. Sie sieht zu mir auf, beobachtet mich durch diese hellbraunen Augen und dichten Wimpern, als wüsste sie nicht, was ich als Nächstes vorhabe.

Spoiler-Alarm: Ich werde sie ficken.

Hart und animalisch gegen die gekachelte Wand der Dusche.

Nachdem ein wenig Zeit vergangen ist und ich ihr erlaubt habe, auch mein Haar einzuseifen, stellt sie sich auf die Zehenspitzen und bringt ihre Lippen nahe an mein Ohr. Die Art, wie sie meinen Körper berührt, lässt mich für einen Moment den Atem anhalten. Mein Schwanz zuckt und ich würde mich am liebsten tief in ihr versenken.

»Bist du böse auf mich?« fragt sie schüchtern. Perplex lehne ich mich zurück und schüttle langsam den Kopf. Dann verstehe ich.

Schelmisch grinsend frage ich: »Weil du dich von Layton ohne uns ficken lassen hast?« Sie nickt stumm.

»Gott, nein, Baby.«

»Versprochen?«

Ich greife nach ihren zarten Händen und drücke sie kurz, bevor ich entschlossen nicke.

»Wie wäre es damit als Beweis?« Ich drehe sie um, lege ihre Handflächen flach an die Wand und schiebe ihren Oberkörper ein wenig nach vorne. Dann drücke ich ihre Beine mit einem Fuß weiter auseinander und fahre mit den Händen über ihren verdammt sexy Hintern.

»Sie werden auch nicht böse sein, wenn ich dich hier und jetzt nehme.« Sie keucht, aber durch das plätschernde Wasser und die Musik bekomme ich es fast nicht mit.

»Ich habe dir bereits vor einiger Zeit gesagt, dass du es niemanden recht machen kannst, Baby. Auch uns nicht, egal wie nett wir reagieren. Wir wollen immer mehr von dir, weil du so fantastisch bist.« Sie beißt sich schwach nickend auf die Unterlippe und dreht ihren Kopf schief in meine Richtung. Sie ist so vollkommen - eine Frau, die man sich für das gesamte Leben wünscht.

Ich greife nach meinem Schwanz und betrachte das Piercing, das ich vor ein paar Jahren bekommen habe. Val und ich waren bis zum Rand mit Alkohol vollgepumpt, als Layton uns aus Rache für einen anderen Streich in ein Tattoo-Studio schleppte. Mein betrunkenes Ich dachte, es wäre eine gute Idee, mir den Schwanz piercen zu lassen.

Sehr zum Missfallen von Lay habe ich es jedoch keinen einzigen Tag bereut. Den Mädels gefällt's. Na ja, den meisten von ihnen.

Ich glaube, es berührt einen Punkt in ihnen oder intensiviert das leidenschaftliche Gefühl - oder so ein Scheiß. Egal, ich weiß, dass Marra es auch mag.

Ich stoße mit einem schwungvollen Ruck in sie und sie rutscht mit einer Hand ab. Schnell fängt sie sich wieder, beugt sich noch weiter hinunter und winkelt ihr Knie ein wenig an. Ich packe sie an den Hüften, um sie zu stabilisieren und stoße erneut in sie. Jetzt höre ich sie laut und kräftig stöhnen, was mich zum Grinsen bringt. »Fuck, ja«, flucht sie und ich stoße erneut in sie. Ihre

Pussy wird enger, schließt sich genüsslich um meinen Schwanz und ich stöhne. Die Reibung, die dabei entsteht, katapultiert mich beinahe in eine andere Sphäre.

Ich werde schneller und schneller, aber ich übertreibe es nicht. Ich genieße es, wie warm ihre Pussy ist und wie bereitwillig sie mich in sich aufnimmt.

»Glaubst du immer noch, dass ich sauer auf dich sein könnte?«

Sie schüttelt abwesend den Kopf und ich könnte schwören, dass ihr Verstand schon längst in den Wolken verschwunden ist.

»Marra?«

Sie stöhnt laut auf.

»Nein, das glaube ich nicht. Mach weiter, bitte.«

Genau so mag ich sie.

Ich verliere mich in ihr, ficke sie, bis mir die Stellung zu langweilig wird. Ich drehe sie zu mir, hebe sie auf meine Hüften und versenke meinen Schwanz wieder in ihr. Gegen die Wand gepresst, stoße ich aus ihr heraus und wieder hinein. Ihr Rücken reibt an den Fliesen und ich merke, wie sich ihr Gesicht vor Schmerz verzieht, aber da sie nicht sagt, dass ich aufhören soll, ficke ich sie weiter.

Ihre Finger vergraben sich in meinen Haaren und sie zieht daran, wahrscheinlich um den Druck auf etwas anderes zu verringern.

»Ich bin kurz davor zu kommen, Jas«, haucht sie.

Allein ihre Worte lassen meinen Schwanz schmerzhaft zucken und er schwillt in ihr immer mehr an.

Mit Jadie zu ficken war süß - etwas das man als Pärchen eben tut. Ja, sie war versaut und wollte mich zu einem Dreier überreden oder hin und wieder mal ein Rollenspiel erleben aber es kommt nicht an den Sex mit Marra ran.

Denn bei Marra weiß ich, dass jede Faser meines Körpers glücklich ist. Bei Jadie habe ich mich nach ihr gesehnt. Nun habe ich sie und ich will nichts anderes als das.

Mit Mar bin ich der Jasper, der ich immer sein wollte.

»Gott, du bist so fucking perfekt.« Eine Ladung Sperma meldet sich an, in sie hineinzuspritzen, aber bevor es so weit kommt, ziehe ich mich aus ihr zurück, was zu ihrem zitternden Schrei passt, und ihre bebenden Beine geben unter ihr nach, als ich sie absetze. Ich stütze sie an der Wand ab und während mein Sperma zusammen mit dem Wasser in den Abfluss fließt, knie ich mich zu ihr hin. »Das hast du toll gemacht, Baby.«

Als sie so dasitzt, kann ich die roten Striemen auf ihrem Rücken sehen.

»Das tut mir leid. Komm mit, ich kümmere mich um dich.«

11
Die beste Hochzeit ever

Marra

Ich bin froh über die Entscheidung, die Jasper getroffen hat. Er hat ein längeres Slipdress aus Satin, in einem rauchigen Lavendelton aus meiner Kommode gefischt und es mir sanft übergezogen, als hätte er Angst, ich könnte jeden Moment zerspringen.

Er zog nicht einmal die Schnüre auf meinem entblößten Rücken fest, nachdem er mich mit Salbe eingerieben und die Schliere von der Duschwand geküsst hatte, die auf meinem Rücken zurückgeblieben waren. Das Anziehen meiner Schuhe war ähnlich. Er küsste immer wieder meine Beine von den Füßen aufwärts und schloss sanft den Riemen. Das bin ich eigentlich nicht von ihm gewohnt, aber ich habe diese Seite von ihm mehr als genossen. Könnte sein, dass ich absichtlich ab und zu mein Gesicht verzogen habe, als ob er mir wehtun würde, um ihn noch zärtlicher und liebevoller zu machen.

Aber dann durfte ich mir die Haare selbst hochstecken, wobei er mir danach zwei kleine Schmetterlings-Haarklammern in die Frisur geklipst hat, aber, wer hätte es gedacht, ich musste auch meine Tasche selbst tragen.

Was für ein Steinzeitmensch, er hätte sie mir ruhig abnehmen können.

Zu meinem Glück haben die drei Männer wieder ihre dunklen Anzüge an und sehen darin verdammt gut aus. Früher hätte ich mir nie träumen lassen, wie seriös und edel sie aussehen können.

Denn sie sind verdammt gut darin.

Harmonische Musik lullt die Zeremonie in eine romantische Stimmung ein und Valerian verschränkt unsere Finger ineinander, während Layton sich rhythmisch hin und her wiegt. Jasper ist irgendwo zwischen den Gästen verschwunden, ich nehme an, um mit Jadies Familie zu sprechen, aber die beiden anderen sind pflichtbewusst bei mir geblieben.

Es sind noch andere Leute aus unserer Schulzeit hier, und das macht mich ein wenig nervös. Immerhin bin ich mit drei Männern hier. Und dann mit den drei Männern, die vor ein paar Jahren nach New York gegangen sind, um ein neues Leben zu beginnen. Einer von ihnen ist zufällig der Ex-Freund der Braut und ein anderer ist ihr absoluter Feind. Denn Jadie und Valerian konnten sich nie wirklich ausstehen.

Layton und Jadie kennen sich wahrscheinlich nicht einmal richtig, und das wird die Gäste wahrscheinlich noch mehr verwirren. Und dann bin ich da. Das ist wahrscheinlich das Seltsamste.

Seufzend blicke ich durch die Reihen und auf die Gäste. Jadie und ihr Bräutigam feiern an einem etwas abgelegenen Ort von Asheville. Ein kleines Schloss, das Biltmore Estate, perfekt für die Hochzeit geschmückt. Vor uns ist ein Altar aufgebaut und alles ist mit weißen und gelben Rosen geschmückt.

Es erinnerte mich ein wenig an das Farbschema aus »Die Schöne und das Biest«. Die fadenscheinigen Eisenstühle, auf denen wir seit einer Stunde sitzen, sind verdammt unbequem, aber sie sind besser, als zu stehen und all diesen Leuten, von denen ich nicht einmal die Hälfte kenne, ein falsches Lächeln zuzuwerfen.

»Was analysierst du da?« fragt mich Layton und ich runzle nachdenklich die Stirn.

Mein Blick wandert von einem Blumenstrauß zum nächsten und zwischen den Tischarrangements hin und her. Das geschieht automatisch, als würde ich meine Konkurrenz einschätzen.

Lay scheint es zu bemerken und grinst mich schelmisch an.

»Das hättest du besser machen können.« Ich lächle ihn dankbar an und lehne mich im Stuhl ein wenig zurück, um eine bequeme Position zu finden.

Auf der Fahrt hierher saß ich neben ihm und er hat still meine Hand gehalten, was mir wohl zeigen sollte, dass er mir das Gespräch von vorhin nicht länger übel nimmt.

Was mich sehr erleichtert.

»Ich hasse Hochzeiten«, murrt Val und drückt meine Hand ganz fest.

»Warst du schon mal auf einer?« frage ich interessiert, und meine beiden Nachbarn tauschen einen kurzen Blick aus, dann schüttelt er den Kopf.

»Aber er wird es bald sein«, fügt Lay leise hinzu. Sanft lächelnd frage ich: »Wer heiratet denn?«

Valerian hält es nicht für nötig, zu antworten, und wirft Layton einen finsteren Blick zu. »Eine Freundin von uns aus New York, aber Val mag die Braut nicht besonders.« Aha, ich verstehe. Seltsam.

»Ich war noch nie auf einer Hochzeit«, sage ich. Ich glaube, ich habe einfach zu wenige Freunde für so etwas, oder ich habe den Kontakt zu denen, die ich hatte, nicht gut genug gehalten, als dass mich jemand zu ihrer Hochzeit eingeladen hätte. Ich bin absolut schrecklich darin, den Kontakt zu halten, aber ich verurteile mich auch nicht dafür. Es ist nicht wirklich Teil meiner Welt und ich sehe es nicht als notwendig an.

»Ich dachte, du machst regelmäßig die Dekoration und die Arrangements für solche Veranstaltungen. Ist der Designer nicht eingeladen?« Ich runzle die Stirn über Valerians Frage. »Nein. So funktioniert das nicht.«

»Schade«, antwortet er achselzuckend.

Plötzlich bemerke ich Jasper in der Menge, der einem Mann die Hand schüttelt, bei dem es sich um Jadies kleinen Bruder handeln muss. Er hat die gleichen grauen Augen, hellbraunes Haar und ein verruchtes Lächeln. Sie unterhalten sich ein paar Minuten lang, bevor Jasper weitergeht und eine Frau begrüßt.

Keiner beachtet uns, und darüber bin ich sehr froh.

Ab und zu wird Layton von alten Schulkameraden zugewunken oder angelächelt, aber er scheint nicht besonders erpicht darauf zu sein, mit ihnen zu reden, denn er erwidert nur das Lächeln und bleibt ansonsten neben mir sitzen.

»Kann es jetzt losgehen?« Auch mir ist inzwischen langweilig und ich frage mich, wie man bei einer so wichtigen Zeremonie so viel Zeit vergeuden kann. Wenn ich die Braut wäre und meinen Bräutigam wirklich lieben würde, würde ich ihn so schnell wie möglich heiraten wollen. Und ich würde nicht so eine riesige Feier veranstalten.

Valerian streicht mit seinem Daumen über meinen Handrücken und ich schenke ihm ein aufrichtiges Lächeln, während ich in seine blauen Augen schaue. Er hat ein Muttermal auf seiner linken Wange, genau zwischen Nase und Auge. Als er seine andere Hand auf meinen Oberschenkel legt und mich sanft streichelt, erwacht die Hitze in mir. Ich hatte heute Morgen meinen Spaß mit Layton und Jasper, aber Valerian ist mir seit gestern Abend nicht mehr sehr nahe gekommen. Sofort beginnt es zwischen meinen Schenkeln zu pulsieren und ich drücke sie schmerzhaft zusammen, um das Gefühl zu ignorieren. Ich wäre jetzt viel lieber in der Hütte, um meine Zeit mit ihnen zu verbringen, ordentlich und nackt, als hier zu sitzen und auf etwas zu warten, das mich nicht wirklich interessiert.

Layton bemerkt meine körperliche Reaktion auf Valerians Berührung und schenkt mir ein schiefes Grinsen, bevor er sich nach vorne lehnt und die Ellbogen auf seine Knie stützt, um mir die Sicht zu versperren.

Oh nein.

Das werden sie doch nicht tun.

Oder doch? Bevor ich einen weiteren Gedanken fassen kann, gleitet Vals Hand unter den Stoff meines Kleides und findet ihren Weg zu meinem pochenden Zentrum.

»Valerian«, flüstere ich warnend und rutsche auf dem Stuhl ein wenig hin und her. »Entspann dich einfach, gelber Stern. Ich kümmere mich um den Rest.«

Seufzend und durch den vielsagenden Spitznamen absolut erregt, rutsche ich ein wenig tiefer und lasse mein Kleid unauffällig hochrutschen. Es beobachtet uns sowieso niemand, und solange ich keinen Laut von mir gebe, wird es auch nicht dazu kommen.

Er streift meinen frischen Tanga ein wenig zur Seite, um sich einen besseren Zugang zu verschaffen, und ich stoße einen zischenden Atem aus. Diese Männer sind mein Verhängnis. »Spreize deine Beine und behalte dein Pokerface auf.« Sein verschmitztes Grinsen wird mich noch lange nach diesem Tag in meinen Träumen verfolgen - das ist so sicher wie das Amen in der Kirche.

Ich öffne meine Beine so weit, wie es der Schnitt meines Kleides zulässt, und bin plötzlich unendlich dankbar, dass es ohnehin nur bis zur Mitte meiner Oberschenkel reicht. »Ich bin schon feucht.«

Seine Augen zucken gierig und er leckt sich über die Lippen. »Scheiße, warum zum Teufel sind wir hierher gekommen?«

Er fährt mit zwei Fingern über meine nasse Pussy und spielt mit meiner Perle, was mich zu einem Wimmern veranlasst. Ich schaue mich prüfend um, aber niemand hat es gehört. Layton wirft uns einen amüsierten Blick zu und streckt mir seine Hand entgegen. Ich ergreife sie und drücke sie, damit ich es an ihm auslassen kann, anstatt alles herauszuschreien.

Val spielt mit meinem Kitzler, als wäre es sein Lieblingsspielzeug, schaut mir tief in die Augen und lässt den Blickkontakt keine Sekunde lang abreißen. Scheiße, ich bin so erregt. Die Tatsache, dass uns jederzeit jemand erwischen könnte, macht es nicht besser und das Verbotene lässt meinen Adrenalinspiegel steigen.

»Ich mag es, dass du immer so feucht für uns bist, gelber Stern.«

Ich bin eine Sekunde lang schockiert über seine Worte, aber dann sehe ich das Feuer, das in seinen Augen aufflackert, und bin froh, dass er ehrlich zu mir ist. Männer haben mich noch nie so erregt und meine Seele berührt wie sie. Und ich wüsste nicht, wie es jemals anders sein könnte.

»Scheiße«, flucht Layton und wendet seinen Blick der Menge zu, um nicht von uns abgelenkt zu werden.

In diesem Moment führt Valerian einen Finger in mich ein und spielt mit seinem Daumen weiter an meiner Perle. Mein ganzer Körper steht unter Strom und ich fühle mich warm, als er einen weiteren Finger hinzufügt. Immer wieder gleitet er heraus, um meine Pussy zu streicheln, dann setzt er den Rhythmus des Ausweitens und Gleitens fort. Ich drücke Laytons Hand fester und beiße mir mit den Zähnen auf die Unterlippe. Schwer atmend schließe ich die Augen. Meine Brustwarzen richten sich auf, und ich bin froh, dass man das durch den Stoff nicht sehen kann. »Das fühlt sich so gut an.«

Meine Stimme klingt, als wäre ich heiser oder völlig weggetreten.

»Wie soll ich dich später ficken?« Ich bin zunächst nicht in der Lage zu antworten, weil ich so perplex und sprachlos von der Gewalt meiner Gefühle bin, dass ich einfach nur seine Berührung genieße. Doch dann unterbricht er sie kurz und ich erinnere mich an seine Frage.

»Auf der Veranda.« Er setzt die Bewegung fort und umkreist mit seinem Daumen meine Perle. Meine Beine zittern leicht. »Weiter?«

»Ich will auf deinem Schwanz sitzen, und ich will, dass du mich fickst, bis es weh tut.« Er beißt in meine Schulter und führt seine Finger schneller heraus und wieder hinein. »Ich liebe es, wenn du so redest.«

Der Druck auf Laytons Hand wird stärker.

»Ich freue mich schon darauf«, seufze ich voller Vorfreude auf die nächsten Stunden.

Er lacht auf und rückt dicht an mein Ohr heran. Meine Atmung ist inzwischen abgehackt und ich stehe kurz davor, zu kommen. Gespräche wie dieses sind der Beginn eines jeden Orgasmus.

»Du musst noch ein bisschen warten, gelber Stern, wie ein braves Mädchen.«

»Ich bin immer ein braves Mädchen«, antworte ich und sogar Layton lacht über meine Worte. Die Reibung an meiner Perle und die Bewegungen werden härter, schneller und fesselnder. »Unser braves Mädchen«, murmelt Valerian.

Und ich lasse mich völlig fallen. Ich komme auf Valerians Fingern, der Orgasmus durchschüttelt meinen ganzen Körper.

Aus den Augenwinkeln bemerke ich, wie sich die Szene um uns herum langsam verändert und die Gruppen sich auflösen. Jas steht plötzlich neben Valerian und schaut auf uns herab, sieht, was wir hier tun und runzelt die Stirn. Dann scheint er es zu begreifen und flucht. Val zieht seine Finger aus mir heraus und hält sie uns vor die Augen. Sie glänzen und sind ganz nass. Lay schiebt mein Kleid wieder nach unten, sodass alles wieder bedeckt ist und küsst meine Hand. Aber meine ganze Konzentration gilt Valerian, der seine Finger mit meinem leicht milchigen Ejakulat in den Mund nimmt und sie sauber leckt.

Im Hintergrund wechselt die Musik und das Gemurmel aller Gäste, die nun ihre Plätze eingenommen haben, beginnt. Ich bemerke die Ausbeulung in Valerians Hose und beschließe, ihn später für dieses Highlight zu belohnen. »Ihr seid ja völlig verrückt«, sagt Jasper nur zu uns, bevor er sich auf dem Eisenstuhl zurücklehnt und nach vorne schaut.

Valerian drückt mir einen flüchtigen Kuss auf die Lippen und legt schützend einen Arm um meine Schultern. Noch immer leicht benommen sehe ich den Bräutigam am Altar stehen. Die Türen des Schlosses öffnen sich und Jadie tritt in einem traumhaften weißen Kleid in den majestätischen Schlossgarten.

»Die beste Hochzeit meines Lebens«, höre ich Valerian murmeln, bevor ich mein Gehirn für ein paar Minuten ausschalte und die Zeremonie aufmerksam verfolge.

12

Schlosswand

Valerian

Ich hasse es, im Mittelpunkt des Geschehens zu stehen und nicht am Rande, wo ich alle beobachten kann. Und tanzen liegt mir sowieso nicht. Aber Marra hat mir ihre Hand hingehalten und mich abwartend angesehen, nachdem Jadie und ihr Loser-Bräutigam *Ja* gesagt haben. Ich hatte praktisch keine andere Chance.

Ich könnte dem Flehen in ihren liebevollen Augen niemals widerstehen oder etwas ablehnen, das sie glücklich machen würde. Layton hat mich vielleicht ausgelacht, weil er weiß, wie sehr ich es verabscheue, aber das ist mir egal. Er kann mich mal.

Ich bin hier, bei Marra, und schaukle sie im Takt der Musik. Ich weiß nicht, wie ich das mache, aber ich habe

147

das Gefühl, dass es nicht so schlimm aussieht, wie ich befürchtet habe. Ich habe nie gesagt, dass ich nicht tanzen kann - ich mag es nur nicht.

Alte Erinnerungen an meine Mutter werden wach und ich schaudere. Sie hat mir als kleiner Junge das Tanzen beigebracht und ist stundenlang mit mir im Haus herumgewirbelt, bis mein Stiefvater nach Hause kam und die Atmosphäre fast unerträglich wurde.

Wäre er nicht schon vor langer Zeit gestorben, hätte ich ihn wahrscheinlich eines Tages umgebracht.

Ich schaue zurück zu Marra, die fröhlich lacht, unsere Hände sind fest umschlungen und unsere Körper schmiegen sich aneinander. Wir geben ein gutes Tanzpaar ab. Aber wenn sie wüsste, mit wem sie ihre Zeit verbringt, würde sie wahrscheinlich wegrennen. Seit wir nach New York gezogen sind, hat sich viel verändert. Ich bin nicht mehr der Mann, der ich einmal war, und ein Teil von mir hat Angst, weil ich ihr vorgaukeln kann, ich sei derselbe wie früher. Es haben sich neue Möglichkeiten für mich eröffnet. Neue Welten, die ich vorher nicht kannte. Ich habe meinen Weg gefunden und bin froh, dass ich zwei treue Freunde an meiner Seite habe. Mit Klaus Diabolus ist nicht zu spaßen, wenn es um Loyalität und Diskretion geht.

Marra darf auf keinen Fall in diese ganze Geschichte hineingezogen werden. Sie darf von all dem nichts wissen.

Das ist keine Welt für sie, auch wenn ich sie am liebsten entführen und mit mir fortschleppen würde.

Ich fühle mich mit keiner Frau so wohl wie mit ihr.

Sie versteht mich, das hat sie immer getan, und berührt einen wunden, tief vergrabenen Punkt in mir, von dem ich dachte, er sei erloschen.

Aber er war immer da, nur versteckt, bis er Marra wiedersah. Die zweite Silhouette auf meinem Bild. Mein Seelenfrieden. Eine Erkenntnis, die ich nie akzeptieren oder einsehen wollte. Denn das würde uns alle nur ins Verderben stürzen.

»Mach dich bereit«, flüstere ich ihr zu, und sie reißt die Augen auf, vollgepumpt mit Adrenalin, bevor ich sie aus meinem Arm schleudere und sie dann in meinen Armen drehe, bis ich mich zu ihr hinunterbeuge und ihr tief in die Augen schaue. Auf ihren bezaubernden Lippen liegt ein echtes Lachen, und mir wird schlecht.

Ich will sie so verdammt gerne ficken. Ihre Pussy war feucht und pulsierte, als sie bereitwillig ihre Beine für mich gespreizt hat. Und wie das brave kleine Mädchen, das sie ist, hat es sie nur noch geiler gemacht, dass die Leute uns dabei erwischen können.

Habe ich brav gesagt? Ich meine verdorben.

Aber sie lässt es sich nicht gerne anmerken.

Ihr Lachen ist das schönste, das ich je in meinem Leben gehört habe. Und ihr Lächeln... es fühlt sich an wie ein Traum. Sie gibt ihre glücklichen Gefühle und Momente an mich weiter.

Was bin ich doch für ein Glückspilz.

Mein Schwanz zuckt und drückt erregt gegen meine Anzugshose. Plötzlich werde ich mir dieser unglaublich kratzenden und unbequemen Hose wieder bewusst und verspanne meinen Hals unangenehm.

Ich werde mich wohl langsam daran gewöhnen müssen, denn in meinem zukünftigen Job werde ich sie ziemlich oft tragen müssen.

Ich seufze.

Marra sieht mich fragend an, während sie sich an mich kuschelt und wir uns immer noch wie geschmeidigesWasser zur Musik bewegen. Mit ihr fühlt sich alles so leicht an. »Was ist los, Val?«

Ich kann ihr nicht die Wahrheit sagen, also spinne ich eine Lüge. Oder besser gesagt, eine Frage, die ich ihr schon eine ganze Weile stellen will.

»Ich weiß, dass du auf jeden von uns stehst. Layton, als dein teuer Jugendfreund, Jasper als dein verbotener Schatz und ich, als dein unaufhaltbarer Beobachter. Aber ich würde gerne wissen, wie es sich für dich anfühlt, dass du nun uns alle hast. Alle drei auf einen Schlag. Ist es geiler? Spannender?« Sofort werden ihre Wangen rot und sie senkt beschämt den Blick.

Lachend hebe ich ihr Kinn an, gebe ihr einen kurzen Kuss und führe sie dann in eine Drehung, bevor ich sie wieder zu mir ziehe. Jetzt steht sie mit dem Rücken an meiner Brust, was ich ausnutze, um nahe an ihr Ohr zu kommen. »Du weißt, dass du dich vor mir nicht schön musst. Was wünschst du dir noch von uns?«

Sie beißt sich ungezogen auf die Innenseite ihrer Wange und reckt den Kopf, sodass sie mir tief in die Augen schaut. Spätestens jetzt sollte sie merken, wie hart mein Schwanz ist und wie wenig ich es erwarten kann, wieder in ihr zu versinken. Sie reibt ihren Po an meinem Schritt und ich knurre tief. Mein Körper fühlt sich an, als wäre er mit Elektrizität gefüllt. Bereit, jeden Moment einen Schock zu bekommen.

»Ich nehme alles was ich kriegen kann, Val. Aber ich wollte schon immer mal... schlucken.« Oh, Scheiße.

»Ja?«

Ich wirble sie wieder herum, damit wir wieder Brust an Brust tanzen. »Ja.«

Ich beiße sanft in ihr Ohrläppchen. Ich wette, sie ist schon wieder feucht. Ich nehme mir vor, ihr diesen Geschmack noch heute zu gönnen. Sie hat alles verdient, was sie sich wünscht. Aber da ist eine Frage, die sich meinen Hals hinauf arbeitet, wie ein Bergwanderer.

»Was wirst du nach diesem Wochenende machen?« frage ich, und sofort setzt eine Panik ein, die ich nicht gewohnt bin. Wird sie uns einfach wieder vergessen? Ein paar Sekunden lang sagt sie nichts und wir genießen die leise Musik, bevor sie tief einatmet. Aber sie sagt nichts, bleibt stumm.

Nun ja, eigentlich habe ich kein Recht, sie das zu fragen oder mir Gedanken darüber zu machen. Ich bin derjenige, mit dem sie am wenigsten eine Zukunft haben könnte. Das ist mir leider genauso bewusst, wie jedem anderen auf diesem Planeten. Und das kotzt mich an.

Jasper ist eine dreckige alte Schlampe. Ich weiß genau, warum er Marra diesen Vorschlag unterbreitet hat. Ob es aus Egoismus oder aus Teamgeist war. Er hat gehofft, sie wiederzusehen. Aber das Versprechen, das er ihr gegeben hat... Dafür würde ich ihm am liebsten den Kopf abreißen. Ein Wochenende ohne Konsequenzen ist das Richtige. Das *weiß* ich.

Hier geht es um Freiheit. Darum, uns das zu nehmen, was wir alle schon immer wollten. Selbst wenn wir zu viert zurück nach New York gehen, wie soll das funktionieren? Sie kann nicht mit allen von uns eine Beziehung haben. Die Realität ist anders.

»Vergiss nicht die Regeln, die wir aufgestellt haben«, fordert sie, und ich würde sie am liebsten wegstoßen. Wut baut sich in mir auf und für einen Moment sehe ich schwarz. Wir sind für sie nur eine Ausnahme, ein Pakt. Ein wertloser Fick.

Ich weiß, dass wir das vereinbart haben. Das sind die Regeln.

Das ist der richtige Weg.

Es muss so sein, Valerian.

Ich will alles und jeden zertrümmern, der mir über den Weg läuft.

Ich ziehe sie von der Tanzfläche, ohne Rücksicht darauf, ob uns jemand sieht. Einer der Jungs wird uns bestimmt im Auge behalten, aber das ist mir egal.

»Was machst du da? Wohin gehen wir?«

Ich antworte nicht und ziehe sie weiter durch den Schlossgarten, bis wir hinter einer Ecke verschwunden sind. Wir stehen auf der Terrasse, ein zierliches Geländer begrenzt das Gelände, aber das reicht mir. Von hier aus kann uns niemand sehen, die Hochzeitsgäste werden von der vorspringenden Fassade des Schlosses abgeschirmt. Sie fällt fast auf den Absätzen um, aber ich ziehe sie weiter. Nur ein kleines Stückchen.

Mein Herz rast, und in mir tobt die Wut, die mich so sehr zerreißt und schmerzt. Ich muss sie loswerden. Jetzt und sofort.

Ihr Blick ist verwirrt, aber sie scheint keine Angst zu haben. Das ist gut.

Sie muss meinen Stimmungsumschwung bemerken, aber sie sagt nichts dazu und hält mich nicht auf, als ich ihr Kleid hochziehe und ihre schönen Beine entblöße. Als ich meine Finger auf ihren Tanga drücke, stelle ich zu meiner Zufriedenheit fest, dass sie wirklich fast vor Erregung trieft und ich ziehe an dem Stoff, bis er reißt. Sie keucht erschrocken auf und presst ihre Beine zusammen. »Was ist denn auf einmal mit dir los?«

Ohne auf ihre Worte zu achten, öffne ich den Reißverschluss meiner Hose und greife nach meinem geschwollenen Schwanz. Ein Lusttropfen glitzert auf meiner Spitze und ich streiche meinen Schaft ein paar Mal auf und ab.

»Was denn? Willst du das Wochenende nicht genießen? Es ist fast vorbei, gelber Stern.« Sie sieht sich um, runzelt die Stirn und beißt sich auf die Lippe. Sie sollte wirklich mit dieser Angewohnheit aufhören.

»Habe ich dir wehgetan?« fragt sie und ich lache laut auf.

Ich schüttle amüsiert den Kopf. »Ganz und gar nicht, nein. Du hast nur die Wahrheit gesagt.«

»Valerian, ich weiß, dass wir...«, beginnt sie, aber ich halte ihr die Hand vor den Mund, um sie am Weiterreden zu hindern. Ich will nicht hören, was sie zu sagen hat, kein einziges Wort. Nicht darüber, wie sehr sie mich mag und wie gut wir miteinander harmonieren, aber dass es einfach nicht sein kann und nicht sein darf.

Denn das weiß ich selbst, aber ich habe in den letzten Stunden in einer Illusion gelebt und die Wahrheit gemieden.

Dies ist einer unserer letzten gemeinsamen Momente.

Also lass ihn uns genießen, ja?

Ich dringe hart und brutal in sie ein, sodass sie gegen die raue Steinfassade gepresst wird. Sie keucht laut auf und krallt sich in meine Schultern. Meine Hand liegt immer noch auf ihrem Mund, und ihre Nasenlöcher blähen sich auf, während sie versucht, ihre Atmung zu regulieren.

»Ich nehme mir einfach, was ich will, genau wie du.«

Wieder stoße ich tief in sie hinein. Ich komme fast bis zum Anschlag und dringe sofort wieder in sie ein. Sie wimmert unter meiner Hand, aber es kommt mir nicht einmal in den Sinn, sie wegzunehmen.

Eben habe ich noch davon gesprochen, wie sehr ich ihr Lachen und ihre Stimme liebe. Das war eine Lüge, denn ich hasse sie.

Weil sie mich für immer daran erinnern wird, was ich nicht haben kann.

Eine Frau, die mich wirklich will. Die Frau, die ich mehr will als alles andere.

Ich arbeite mich immer wieder in sie hinein, ficke sie hart und schmerzhaft gegen die Schlossmauer. Sie wird diesen Moment nie wieder vergessen können. Wer wird schon auf einer Hochzeit gegen ein Schloss gefickt? Ich mag behaupten, dass so etwas nicht häufig vorkommt.

»Gefällt dir das, kleiner Stern?« Ich beobachte, wie sie sich gegen mich sinken lässt, ihre Augen rollen zurück und ihre Nässe breitet sich auf meinem Schwanz aus. Ich weiß, dass es ihr gefällt. Sie steht auf diesen abgefuckten Scheiß.

Sie ist *perfekt*.

Ich zucke in ihr, mein Atem geht mittlerweile schwer, aber ich ficke sie weiter. Dann ziehe ich mich aus ihr heraus, fahre mit meiner Spitze durch ihre Spalte und ihre Beine zittern. Sie packt meinen Hintern und drückt ihn an sich, und ich gleite wieder in sie hinein, was mich so geil macht, dass ich kurz davor bin, abzuspritzen. »Braves Mädchen.«

Meine Wut ebbt langsam ab und ich beginne, den Moment in vollen Zügen zu genießen. Ich habe mich schon zu lange der Schwärze hingegeben und die Kontrolle abgegeben, ohne mich zurückzuhalten. Das ist nicht gut.

Als ich schließlich meine Hand von ihrem Mund nehme, holt sie keuchend Luft, stöhnt laut und krallt ihre Finger fest in meinen Hintern. »Was auch immer mit dir los ist, du bist verdammt heiß.«

»Danke, Baby.«

13
Die Flucht vor der Ex

Jasper

Ich stehe seit mindestens zwanzig Minuten an den Stufen zur Schlossterrasse, um den beiden ein wenig Zeit für sich zu geben. Ich habe die Schwärze in Valerians Augen gesehen, als sie losgestürzt sind.

Ich habe Layton gesagt, dass ich mich darum kümmern werde, denn er wäre einfach hineingestürmt und hätte Valerian die Chance genommen, sich zu beruhigen. Aber ich halte Wache und ich weiß, dass Val ihr nie etwas antun würde. Er muss sich nur wieder daran erinnern, wer er ist. Er steckt in einer Krise, und es ist nicht das erste Mal, dass er unüberlegt handelt.

Lay hat dafür nicht so viel Verständnis wie ich. Aber ich vertraue Valerian und ich weiß, was er tun muss, um sich zu beruhigen. Marra ist ein starkes Mädchen, sie wird damit umgehen können. Wahrscheinlich mag sie sogar die kalte Version unseres Freundes. Schließlich hat sie sich nicht ohne Grund auf unseren Deal eingelassen.

Plötzlich taucht Jadie neben mir auf, ihre Großmutter Bridget hängt an ihrem Arm und die beiden unterhalten sich fröhlich. Um die Braut an ihrem Hochzeitstag nicht unhöflich anzuschreien und ihr den Weg zu versperren, gehe ich schnell voraus, bis Mar und Val in mein Blickfeld kommen. Sie ist auf den Knien und leckt das Sperma von seinem Schwanz und er hat seinen Kopf genüsslich in den Nacken gelegt. Grinsend schlendere ich auf sie zu und als Marra mich bemerkt, steht sie schnell auf.

Ihr Kleid ist verrutscht, die Schnüre, die ihr Kleid am Rücken zusammenhalten, sind locker. »An deiner Stelle würde ich mich wieder unauffällig anziehen. Die Braut und ihre Großmutter werden jeden Moment hier sein.«

Nun, vielleicht habe ich Jadie nicht aufgehalten, weil ich einen Zusammenstoß provozieren will.

Das wäre doch zu lustig.

Valerian packt seinen Schwanz sorgfältig wieder ein. Ich gehe auf Marra zu und binde ihr Kleid neu, doch da höre ich schon Jadies unangenehme Stimme.

Was für ein Spaß.

»Die Hochzeitsplanerin hat wirklich an alles gedacht. Und die Location ist wirklich fantastisch, findest du nicht auch, Grams?«

Sie gehen gemeinsam um die Ecke, schauen erst in die Ferne auf das satte Grün des Rasens, dann fällt ihr Blick auf uns. Marras Kleid sitzt noch relativ locker und

Valerian ist immer noch damit beschäftigt, den Reißverschluss seiner Hose zu schließen, was Jadie nicht viel Spielraum für Interpretationen lässt.

Alle ihre Gesichtszüge entgleiten ihr und sie sieht uns mit heruntergeklappter Kinnlade zu, während wir das Chaos beseitigen. »Ojemine«, höre ich ihre Großmutter leise säuseln und ich lache. »Entschuldigt. Aber wir konnten uns in so einer romantischen Atmosphäre einfach nicht zurückhalten«, sagt Valerian und legt Marra einen Arm um die Schultern. Jadie schaut verwirrt zwischen uns hin und her.

Dann spiegelt sich Entsetzen in ihrem Gesicht.

»Reg dich nicht auf, Püppchen. Heute ist dein besonderer Tag.« Ich weiß, wie sehr meine Worte sie verärgert haben.

Und ich habe mich jetzt entschieden.

Ich finde es *ekelhaft*, seinen Ex-Freund zur Hochzeit einzuladen.

Also werde ich es sie wissen lassen.

»Also das«, beginnt sie und presst ihre Lippen fest aufeinander. Ich bemerke, wie Marras Wangen rot werden und wie Jadie zwischen uns hin und her schaut. Sie sieht aus, als würde sie uns am liebsten durch das Schloss jagen.

»Wie könnt ihr es wagen! Habt ihr keinen Anstand?« Ich packe Marra am Handgelenk und will sie an Jadie vorbeiziehen, mit Valerian im Schlepptau, aber Jadie holt aus und schlägt mir mit der Handfläche hart gegen die Wange.

Autsch.

»Verschwinde«, schreit sie mich an und ein breites Grinsen erscheint auf meinen Lippen. Das scheint sie nur noch mehr zu ärgern, denn wutentbrannt hebt sie den Saum ihres Kleides hoch und greift nach ihrem teuren Schuh. »Ich lade dich zu meiner Hochzeit ein und du machst diesen peinlichen und unverschämten Scheiß mit mir? Bringst solche Leute zu meinem besonderen Tag? Und dann ausgerechnet *sie*? Fick dich, Jasper Bailey.« Ich ziehe Marra hinter mir her, während ich Valerian hinterherrenne und aus vollem Halse lache. Anscheinend hat sie nach all den Jahren doch ein Problem mit Marra.

Sie wirft ihren Schuh nach uns und jagt uns humpelnd hinterher, aber er trifft uns nicht einmal annähernd. Mar und Val lachen ebenfalls und ich kann sehen, wie sich Tränen in ihren hübschen Augen bilden.

Als wir bei den Sitzreihen, der Tanzfläche und der Band ankommen, schauen uns die Gäste erschrocken und verwirrt an. »Jasper, pass auf!« Auf Marras Warnung hin ducke ich mich, bevor der zweite Schuh über mich hinweg saust und mein Haar streift.

Layton springt erschrocken von seinem Sitz auf, die Autoschlüssel bereits in der Hand, und schiebt ein paar Leute zur Seite, um Platz für uns zu schaffen, damit wir entkommen können. Adrenalin pumpt durch meinen Körper und ich fühle mich plötzlich so leicht und... glücklich.

Ja, meine Ex zu ärgern und von ihrer Hochzeit zu fliehen, während sie ihre Schuhe, dann Blumenkränze und Eisenstühle auf uns wirft, erfüllt mich mit Euphorie und Freiheit.

Sie sollte wirklich einen Therapeuten für Aggressionen aufsuchen.

Ich werde ihr meine Kontakte schicken, sobald ich wieder in New York bin.

»Ich wünsche euch noch eine erfüllte Ehe«, rufe ich laut und hebe den Daumen über meine Schulter, bevor ich lachend hinter Marra ins Auto steige und Layton knirschend Gas gibt.

»Woohoo.« Valerian kreischt durch das Auto, ganz der alte Mann und seine Dunkelheit scheint vergessen. Unser kleines Mädchen presst die Handflächen auf ihre glühenden Wangen, ein freches Grinsen im Gesicht und ein Glitzern der Freude in den Augen. »Das war unglaublich.«

Ich nicke und verschränke unsere Finger ineinander, bevor ich durch das Fenster sehe, wie das Schloss immer kleiner wird. »Ihr seid wirklich verrückt. Marra, du weißt, dass sich das in Asheville wie ein Lauffeuer verbreiten wird.« Layton blickt durch den Rückspiegel zu uns zurück, aber sie zuckt nur gleichgültig mit den Schultern.

»Wenigstens haben sie dann etwas, worüber sie reden können.«

Ich schaue sie einen Moment lang an, sehe das schöne Mädchen, das uns alle um den Finger gewickelt hat. Sie würde unser aller Leben verändern, es retten und sich dabei selbst zerstören.

Ich wende meinen Blick ab. Es war richtig, sie als Teenager hier zu lassen. Sie glauben zu lassen, dass ich nie echte Gefühle für sie hatte. Und vielleicht, nur vielleicht, hatte ich Angst davor, wie weit wir gehen würden, wenn ich ihr meine Gefühle zuerst gestehen würde. Während der ganzen Zeit, in der ich vergeben war, lernten wir uns besser kennen, hatten Spaß miteinander und genossen den gemeinsamen Unterricht, aber mehr kam nie in Frage. Woher sollte ich wissen, wie sie auf mich reagieren würde, wenn ich als alleinstehender Mann vor ihr stehen würde? Geschweige denn, wie *ich* reagiert hätte.

»Wir könnten das öfter machen«, trällert Val und macht es sich in seinem Sitz bequem.

Ja, da hat er recht.

Aber es wird nie wieder passieren und das wissen wir alle.

14
Skinny Dipping

Marra

Der Wind bläst durch das ganze Auto und lose Haarsträhnen peitschen mir immer wieder ins Gesicht. Ich habe meine Füße aus dem offenen Fenster gelehnt und liege halb ausgestreckt auf dem Rücksitz, den Kopf auf Jaspers Schoß.

Wir fahren schon seit etwa vierzig Minuten mit lauter Musik und guter Laune. Val scheint es besser zu gehen, denn er singt bei jedem Lied laut mit, schaut immer wieder zu uns zurück und ich bemerke das Funkeln in seinen blauen Augen, wenn er mich ansieht.

Ich nehme ihm den kurzen Aussetzer nicht übel.

Die Frage *»Was dann?«* macht auch mich wahnsinnig und ich kann verstehen, dass meine Worte ihn so sehr aufgewühlt haben.

Die anschließende Szene mit Jadie war mir unglaublich unangenehm, aber gleichzeitig fühlte ich mich auch frei und unantastbar. Zum ersten Mal ist es mir egal, was andere über mich denken. Ich hatte Spaß an dem, was ich getan habe, und ich konnte es in vollen Zügen genießen.

Es fühlt sich wie ein Rausch an.

Bin ich das wirklich?

Es ist seltsam, dass es mir so leicht fällt, aus mir herauszukommen und meinen Gewohnheiten zu entfliehen, aber eigentlich war es dringend nötig. Ich mag mein Leben, aber wenn ich nachts in meinem Bett liege, Leo streichle und in Gedanken versunken bin, stelle ich mir vor, wie es wäre, wenn ich im Leben andere Entscheidungen getroffen hätte. Wie ich als Mensch wäre, wenn ich mich nicht immer an die letzte Stelle setzen würde, aber das ist nicht so einfach, wenn man das seit seiner Kindheit tut.

Das Streben nach Frieden und Vernunft ist mir von klein auf in die Wiege gelegt worden. Ich war nie ein lautes oder forderndes Kind, und meine Eltern gaben mir immer das Gefühl, dass meine Vernunft und meine schüchterne Seele eine Tugend sind.

Aber ich sehne mich danach, auszubrechen. Nur für dieses Wochenende.

Nachdem Val das Fach mit all meinen Kassetten gefunden, und wirklich jede einzelne so genau inspiziert hat, als wolle er einen Mordfall lösen, entscheidet er sich für eine, die ich schon lange nicht mehr abgespielt habe.

»I Love Rock'N'Roll« von *Joan Jett & the Blackhearts* schallt durch das Auto und Jas klopft mit seinen Fingern im Rhythmus auf meine Schultern. Sein Blick ist verträumt nach draußen gerichtet, aber er nickt mit dem Kopf zum Beat.

Bevor ich ihn ansprechen kann, schallt Valerians aufgekratzte Stimmte durchs Auto. »Wie heißt eigentlich dein Kater, gelber Stern?«

Ich erröte augenblicklich und beiße mir auf die Unterlippe. »Er hat keinen besonderen Namen.« Val dreht sich zu mir um und sieht mich prüfend an. »Raus mit der Sprache.«

Auch Layton scheint interessiert zu sein und sieht durch den Rückspiegel immer wieder zu mir. »Ich hab ihn nach jemanden benannt, denn ich früher kannte.« Jasper reißt die Augen auf und lacht. »Und wer war dieser Jemand?«

»Es war nur ein kleiner Junge aus meiner Kindheit, okay?«

»Wie heißt der verfluchte Kater, Marra?«

»Leo.« Valerian schnaubt und sieht wieder nach vorne auf die Straße. »Klingt nach einem Idioten.« Ich lache und schüttle den Kopf. »Du hast deinen Kater ernsthaft Leo genannt?« Ich zucke unschuldig mit den Schultern und auch Layton wendet den Blick ab, als wäre er von dieser Tatsache enttäuscht.

Als ich wieder zu Jasper blicke sehe ich, dass sein Gesicht wieder verträumt dem Fenster zugewendet ist und er die Bäume beobachtet, die an uns vorbei rauschen.

Ich lasse ihn sein, nehme an, dass er wohl ein paar Minuten braucht, um all seine Gedanken zu ordnen.

Nachdem das Lied vorbei ist und Valerian seine zweite Suche beginnt, wobei er letztendlich bei *Bon Jovi* mit »You Give Love A Bad Name« landet, streichle ich Jas sanft über den Arm.

»Geht es dir gut?« frage ich ihn und er nickt stumm. Besorgt drehe ich meinen Kopf auf seinem Schoß ein wenig und strecke ihn in seine Richtung, damit ich ihn besser ansehen kann. »Bist du sicher?«

Diesmal sieht er mich an, seine warmen braunen Augen sind auf mein Gesicht gerichtet.

Sein kalter und gedankenloser Blick macht mich nervös, und sein Finger hört auf, im Rhythmus der Musik auf meine Haut zu tippen. »Es ist nur diese blöde Hochzeit.«

Ich verstehe, dass er sich darüber aufregt, auf der Hochzeit seiner Ex-Partnerin zu sein. Ich meine, niemand erlebt so etwas gerne, oder?

Aber warum ist er dann überhaupt gekommen?

»Willst du darüber reden?« frage ich sanft. Denn auch wenn es an diesem Wochenende darum geht, Spaß zu haben, möchte ich für sie da sein. Sie haben mich mehrere Stunden lang auf jede erdenkliche Weise verwöhnt, und ich kann ihnen wenigstens etwas zurückgeben. Fürsorge.

»Da gibt es nicht viel zu sagen, Baby. Nachdem wir Schluss gemacht haben, bin ich nach New York abgehauen und habe nicht ein einziges Mal an sie gedacht. Es ging mir gut ohne sie.« Ich habe das Gefühl, dass er noch mehr sagen will, aber er tut es nicht und sieht mich weiterhin schweigend an, bevor er sich mit einem leichten Lächeln abwendet. »Warum habt ihr euch damals getrennt?«

Er schweigt ein paar Sekunden, und ich höre nur, wie Valerian das Lied mitsingt und Layton immer wieder auf die Schulter klopft, um ihn in die richtige Stimmung zu bringen.

»Wegen dir.«

Ich atme überrascht und zittrig ein und wende mich nun auch ab und schaue auf meine Füße, die aus dem Autofenster ragen. Ich habe immer versucht, Jadie das Gefühl zu geben, dass ich nichts von Jasper will. Was eine Lüge war, wenn ich mich an mein schnell schlagendes Herz von damals erinnere, aber ich habe mich zurückgehalten. Er war mit einem Mädchen zusammen, mit dem ich mich relativ gut verstand. Wir haben zwar nicht viel zusammen unternommen, aber wir hatten auch kein Problem miteinander.

Das Letzte, was ich wollte, war, dass sie sich trennten, und dann auch noch meinetwegen.

»Ich hatte Gefühle für dich, und Jadie hat das gemerkt. Ich fand es ihr gegenüber unfair und kam mir wie ein Feigling vor. Deshalb habe ich sie gehen gelassen.« Ich schlucke.

»Warum hast du mir das nicht gesagt?«

Ich bin mir ziemlich sicher, dass die Jungs unser Gespräch nicht hören können. Sie sind so in ihr Karaoke und die Fahrt vertieft, dass sie wahrscheinlich gar nicht merken, dass wir nicht mitsingen.

»Ist schon gut, Marra. Damals hätten wir nie zusammen gepasst. Ich musste weg von hier, mich selbst finden. Du bist nach Weaverville gezogen. Jeder ging seinen eigenen Weg und das war gut so. Jetzt haben wir uns wieder getroffen, und ich finde es schön so.«

Er legt einen Finger unter mein Kinn und neigt mein Gesicht so, dass ich ihn wieder ansehen kann. Wärme und Aufrichtigkeit haben ihren Weg zurück in seinen Blick gefunden, was warme Schmetterlinge in meinem Bauch zum Flattern bringt und mich sanft lächeln lässt. »Genießt du deine Zeit, Baby?«

»Ja. Was ist mit dir?«

Er seufzt und streichelt meine Wange. »Du kannst dir nicht vorstellen, wie sehr ich es genieße.«

Ich strecke mich zu ihm hoch und lege meine Lippen auf seine. Erst sanft, dann hält er mich fest und drückt uns liebevoll aneinander. Und da sind sie: Die Schmetterlinge, die nicht flattern sollten. Der flüchtige Gedanke an mehr, an eine Zukunft, der so schnell verschwinden sollte, wie er gekommen ist. Aber mein dummer Körper hört nicht auf meinen Verstand, stattdessen schmiegt er sich noch enger an Jasper, als wären wir ein Puzzle, das endlich gelöst ist.

»Wir sind da«, sagt Lay, und ich löse mich von Jasper. Valerian sieht uns durch den Rückspiegel an, ein trauriger Ausdruck in den Augen. Doch dann schüttelt er den Kopf, steigt aus und öffnet mir die Tür. Er hält mir eine Hand hin, die ich dankbar annehme und mich von ihm aus dem Auto ziehen lasse.

Als Jasper aussteigt, sehe ich, dass er meine Tasche und meine Schuhe trägt, was mich leise kichern lässt. Sein weißes Hemd ist ein wenig offen und sein Haar ist zerzaust. Mit meinen Schuhen und meiner Tasche sieht er aus, als hätte er gerade einen Banküberfall in einer Boutique begangen - oder als wäre er der unfreiwillige Held einer verrückten romantischen Komödie.

Und verdammt heiß.

Ein erstickter Schrei entweicht meiner Kehle, als Valerian mich über seine Schulter wirft und mir das Kleid über den Hintern rutscht. Mein Gesicht baumelt dicht an seinem strammen Hintern und ich lache laut auf, während ich mit meinen Händen seine Hüften umklammere. »Hey - was machst du?«

Valerian gibt mir einen kräftigen Klaps auf den Hintern und ich höre, wie auch die anderen beiden fröhlich lachen. »Wir gehen schwimmen, Sternchen.«

Bevor ich ihm widersprechen kann, rennt er los, eine Mischung aus ungezügeltem Geschrei und herzhaftem Lachen hallt aus seiner Kehle durch den Wald. Aus den Augenwinkeln sehe ich, wie Layton unsere Sachen auf der Veranda abstellt und dann sein Hemd aufknöpft. Jasper entledigt sich ebenfalls seiner Kleidung.

In der nächsten Sekunde spüre ich nur noch Kälte und Nässe. Das Wasser umgibt mich und meine Bewegungen werden träge, als ich versuche, an die Oberfläche zu schwimmen. Mit strampelnden Beinen versuche ich, mich nach oben zu drücken, und als ich die Oberfläche durchbreche, schnappe ich nach Luft. Meine Haare kleben an meinen Wangen, Wasser läuft mir über das Gesicht und ich wische mir die Augen, bevor ich im Kreis schwimme, um nach Valerian zu sehen.

Er taucht auf und reißt den Kopf zurück, um sich die Haare aus den Augen zu schmeißen. Langsam löst sich seine Kleidung von seinem Körper. Das Hemd bauscht sich kurz auf, bevor es schwerelos an die Oberfläche schwebt.

Ein breites Lächeln liegt auf seinen Lippen, als er auf mich zuschwimmt. Ich beiße mir zufrieden auf die Unterlippe, schlinge meine Arme um seinen Hals und beginne, Küsse auf sein Gesicht und seinen Hals zu verteilen. »Oh, Sternchen, du machst mich verrückt.«

Ich sage ihm nicht, dass das Gefühl auf Gegenseitigkeit beruht.

Er streift mir die Träger von den Schultern, greift mir in den Rücken, um die Kordeln zu lösen und mir das Kleid vom Körper zu ziehen. Mein Seidenkleid schwimmt einen Moment lang an der Oberfläche, bevor es in die Tiefe gezogen wird. Ein leises Kichern entweicht mir, als ich mich an ihn klammere und wir uns im kühlen Wasser drehen, frei von allem, was am Ufer lauert.

Valerian wirft sein Hemd achtlos ins Wasser, und da es bereits mit Wasser durchtränkt ist, sinkt es zusammen mit seiner Anzugshose ebenfalls schnell unter. Als nächstes zieht er mir die Unterwäsche aus, dann seine eigenen Boxershorts.

»Diese Scheißklamotten«, knurrt er, als er endlich alles losgeworden ist und ich mit meinen Fingern über seine harte Brust fahre. »Ich kaufe dir ein neues Kleid und neue Unterwäsche.«

Ich schüttle stumm den Kopf, denn selbst wenn er es sich schmerzfrei leisten könnte, würde ich so etwas nie von ihm verlangen wollen. »Es ist nur ein Fetzen Stoff, Val«, versichere ich ihm und lecke ihm provokativ über die Lippen.

Jasper und Layton gesellen sich zu uns, ebenfalls splitternackt und mit einem verruchten Blick. Ich ziehe mich von Valerian zurück und lasse mich ein wenig auf den Rücken fallen, strample mit den Beinen und genieße die Ruhe und den Frieden. Trotz allem spüre ich ihre brennenden Augen auf mir.

Sind sie nicht in der Lage, einfach den Moment zu genießen? Das Vogelgezwitscher und die wärmende Sonne, das Gefühl des Friedens?

Ihr Hass auf Asheville, ihre Kindheit hier und der Stress in New York haben ihre Seelen verpestet. »Lasst euch einfach einen Moment lang von der Ruhe tragen, Jungs.«

Da ich die Augen geschlossen habe, kann ich nicht sehen, was sie tun, aber sie erwidern nichts, also nehme ich an, dass sie auf meinen Rat hören.

Ich war noch nie nackt baden, aber es ist ein angenehmes und befreiendes Gefühl. Und es scheint, dass die Jungs endlich mal richtig abschalten können. Normalerweise würde ich auf der Couch sitzen und ein

Buch lesen oder mich um Mrs. Jollys Bestellung, die eigentlich erst in drei Wochen fertig sein muss, kümmern. Wenn ich meinem Ich von vor einer Woche erzählen würde, was ich gerade tue, würde ich mich auslachen.

Ich kichere leise vor mich hin, nachdem ich meinen Kopf unter Wasser getaucht habe und wieder aufgetaucht bin. Die drei Männer, die für meine gute Laune an diesem Wochenende verantwortlich sind, schauen mich mit lebhaften Blicken an, sodass ich mir mit rasendem Herzen auf die Lippe beiße und beschämt wegschaue.

»Hör auf, dich zu schämen, kleine Mar.« Layton ergreift meine Hand unter Wasser und zieht mich zu sich. Dort wo er sich befindet, kann ich mit meinen Füßen gerade noch den Boden berühren, aber bevor ich mich richtig aufstellen kann, greift er unter meine Beine und hebt sie hoch, um sie um seine Taille zu schnallen. »Hey, langsam, junger Mann.«

Er grinst und streicht über meine Wirbelsäule, bis er zu meinem nackten Arsch kommt und ihn sanft knetet. »Ich schäme mich nicht wirklich«, gebe ich zu und er legt fragend den Kopf schief. Sein erdbeerblondes Haar ist durch das Wasser länger geworden und hängt ihm in weichen Locken in die Stirn. Das Bernstein seiner Augen leuchtet in der untergehenden Sonne. Er sieht atemberaubend schön aus, und doch weiß ich, dass ich das nicht ewig haben werde.

»Was ist es dann?«

»Es ist ungewohnt. Ich tue etwas für mich und nur für mich. Sicher, ihr habt auch einen Anteil daran, aber es ist das erste Mal, dass ich aus meiner Gewohnheit ausbreche.«

Gedankenverloren fahre ich mit der Fingerspitze über seine straffen Schultern und die angespannten Muskeln seiner Arme. Wassertropfen perlen von seiner Haut ab und tropfen zurück in den See. Die Sonne lässt das Wasser orange und rot leuchten, als sei es nur für ihn geschaffen worden. Und der Wald und die Gräser leuchten in einem satten Grün, als wären diese Sommertage nur für Jasper bestimmt. Der blaue Himmel wird immer dunkler und faszinierender, als ob Valerians Seele darin gefangen wäre.

Sie alle haben einen Teil von sich hier in Asheville, ob sie es wollen oder nicht. Ich sehe sie in allem, was ich vor mir habe, sie werden immer da sein, auch wenn sie nach New York zurückkehren. Ich glaube, das ist es, was mir Trost spendet. Dieses Wochenende wird vorübergehen. Aber die Erinnerungen werden bleiben. Sie werden mir zeigen, dass es sich lohnt, die Regeln zu brechen und das Leben zu genießen. Sie beweisen mir, dass ich anders sein kann als das, was ich mir immer eingeredet habe, dass ich sein kann.

Die Zeit ist vergänglich, aber die Erinnerungen sind unendlich.

Plötzlich reißt mich das trällernde Klingeln eines Telefons aus meinen Gedanken und ich höre Valerian wütend fluchen, während er durch das Wasser zu seinem

Telefon auf der Veranda watet. »Arbeit?« frage ich Layton, der Valerian mit monotoner Miene nachschaut und mit den Schultern zuckt.

»*Sì?*«, höre ich Valerian ins Telefon brummen, was mich verwundet die Stirn runzeln lässt. »Mit wem spricht er denn Italienisch?«

Jasper seufzt, schüttelt ablehnend den Kopf und schwimmt dicht an uns heran. »Wahrscheinlich mit einem Geschäftspartner. Auf der Arbeit spricht er viel mit seiner Vatersprache, wusstest du das nicht?«

Wir drei sehen zu, wie er sich schnell abtrocknet und hastig in das Telefon knurrt. »*Domani pomeriggio prendo il volo per casa, non arrabiarti.*« Dann verschwindet er im Haus und lässt uns in Ruhe. Zufrieden lehne ich meinen Kopf zurück und Layton taucht mich ein wenig unter, bis das Wasser meine Kopfhaut berührt. Meine Brüste wölben sich ihm entgegen und er nutzt die Gelegenheit, um sanft in meine Brustwarzen zu beißen und an ihnen zu ziehen.

Ein zufriedenes Grinsen bildet sich auf meinen Lippen.

15
Ein bisschen Gras

Marra

*E*r küsst sich zwischen meinen Brüsten hinunter, leckt immer wieder über meine Haut und beißt sanft hinein. Dann drückt er mich fest an seine Brust, watet durch das Wasser und trägt mich, als würde ich nur so viel wiegen wie ein Blatt. Über seine Schulter kann ich Jasper sehen, der uns dicht auf den Fersen ist. Er lächelt mich an, seine Brust ist angespannt, aber im Allgemeinen wirkt er endlich etwas fröhlicher.

Als ich nach unten schaue, sehe ich, wie sein Schwanz leicht zuckt und er noch näher kommt, bis er auf gleicher Höhe mit Lay und mir ist.

Wir gehen über den Rasen auf die Veranda zu, wobei ich mich immer noch wie ein verdammter Koala an Layton klammere, bis er mich auf der Sitzlounge absetzt

175

und sich an das andere Ende setzt. Jasper bleibt vor mir stehen und legt mir eine Hand an die Wange, damit ich zu ihm aufschaue. Ich beiße mir aufgeregt auf die Lippe und kralle meine Finger in den Stoff der Outdoor Couch, während er über meine Wange streichelt. Tropfen perlen von unseren Körpern ab und ich verfolge ihren Weg mit meinen Augen, während sie über sein Sixpack zu seinem erigierten Penis wandern. Dann nimmt er plötzlich seine Hand weg und nickt in Laytons Richtung. Ich rutsche über die Sitze zu ihm und setze mich kurzerhand auf seinen Schoß. Ich lege meine Hände flach auf seine Brust und seine finden den Weg zu meinen Schenkeln. Er sieht mich an. Seine Augen sind intensiv und aufmerksam, seine Lippen sinnlich geöffnet, Wassertropfen fließen über seine Haut. Langsam hebt er seine Hand zu meinem Haar und streicht die nassen Strähnen zurück, sodass sie über meinen nackten Rücken fließen.

Ich zeichne kleine Kreise und Formen auf seine Brust. »Berühre mich«, flüstere ich. Zuerst fährt er mit seinen Händen meine Arme rauf und runter, dann zeichnet er die Konturen meines Gesichts nach. Mit einer Hand in meinem Nacken zieht er mich zu sich heran und leckt mir über die Lippen. Ich schließe genüsslich die Augen und konzentriere mich auf seine Berührung. Seine Finger wandern weiter nach unten, umkreisen meine Brüste und Nippel, dann gleitet er über meinen Bauch und ich erschaudere. Dieser Moment ist intimer als normaler Sex mit ihnen. Ich fühle mich sicher, umarmt und geliebt.

»Fühlt sich das gut an?« Ich nicke zustimmend und atme zittrig ein. Es fühlt sich vor allem *richtig* an. Als würde nichts was noch in meinem Leben kommt, so richtig und bestimmt sein, wie dieser Moment hier. Ich öffne meine Augen flatternd und begegne seinem lodernden Blick, der mich aufstöhnen lässt. Ich lehne mich vor.

Küsse ihn.

Das ist das Einzige, was ich im Moment brauche. Ich will ihn spüren, will ihn schmecken. Er erwidert meinen Kuss wild und ungeduldig, stößt seine Hüften in Richtung meines Schritts und berührt mit seiner Lust meine Klit. Er drückt mich nach unten, gleitet in mich hinein und ich stöhne gegen seine Lippen, als er ganz in mir ist. Seine Finger graben sich in meinen Arsch, unsere Zungen umkreisen einander, meine Finger verlieren sich in seinem Haar und unsere Haut klebt feucht aneinander. Ich spüre Jaspers Blicke auf mir, aber er hat schon alles an mir gesehen, schon jeden Teil meines Körpers gespürt.

Ich brauche mich für nichts zu schämen.

Voller Mut beginne ich, mich auf ihm zu bewegen und lasse meine Hüften kreisen. »Gott, Marra, ich könnte das ewig tun.« Unsere Lippen schweben dicht beieinander, während ich mich nun auf und ab bewege und spüre, wie sein Schwanz immer wieder hinein- und herausgleitet. Die Reibung macht etwas mit mir - bringt mich an einen Punkt, an dem ich mich verliere. Mein Herz geht auf, platzt beinahe vor Aufregung. Ich könnte nicht mal in Worte fassen, wie wichtig mir diese Männer geworden sind, wenn ich mir eine Woche dafür Zeit nehmen würde. Keine Worte in allen 7.000 Sprachen dieser 193 Länder auf unserer Welt, könnten das Gefühl beschreiben, das in meiner Brust haust und mein Herz schneller schlagen lässt. Es ist kaum zu begreifen.

Ich bin seit weniger als 48 Stunden mit diesen Männern zusammen und es fühlt sich bereits so an, als hätten sie meine Welt auf den Kopf gestellt.

Ich spreche hier nicht von weltbewegenden Gefühlen - aber ich spreche von einem plötzlichen Selbstbewusstsein, von einem Wohlfühlen, von einem Schutz, den ich so noch nie gespürt habe. Das hier ist wie nach Hause kommen.

Und plötzlich, für den Bruchteil einer Sekunde, ist da der Gedanke, den ich die ganze Zeit über gefürchtet habe.

Was, wenn ich mit ihnen gehe? Ein Leben in New York beginne?

Es wäre ein Leben voller Leidenschaft, ein Leben zwischen drei Männern, die ich wirklich gern habe. Ich muss keinen von ihnen heiraten.

Ich bin sowieso nicht die Art von Frau, die ihr ganzes Leben lang auf ihre Traumhochzeit wartet. Ich plane die Dekoration für solche Veranstaltungen, stehe aber nie auf der Gästeliste und bin auch nicht die Person, die die Zeremonie durchführt. Ich könnte in den Schatten von New York leben, in ihrem Penthouse, zwischen ihren Betten hin und her huschen. Ich könnte ihnen das Frühstück machen, sie nach einem langen Arbeitstag entspannen lassen. Leo könnte ihre Männerbude ein wenig versüßen.

Diese Gedanken passen überhaupt nicht zu dem, was wir vereinbart haben. Jeder von uns hat eine Pause gebraucht. Aber was ist, wenn wir mit unserem Leben einfach nicht mehr zufrieden sind und das brauchen, um wieder durchatmen zu können? Und das nicht nur für ein Wochenende.

Aber ist es das, was sie wollen? Sicherlich nicht.

Sie verlassen sich auf unseren Deal.

Zumindest Jasper und Layton, bei Valerian bin ich mir da nicht so sicher.

Plötzlich packen mich zwei andere Hände und zerren mich aus der Sphäre, die ich mir selbst geschaffen habe. Brutal aus meinen Gedanken gerissen, schaue ich mich verwirrt um und sehe nur noch eine Andeutung von Jasper, bevor er mich auf allen Vieren auf den Sitz der Lounge setzt und sich hinter mich stellt. Ich spüre, wie er sich zwischen meine Pobacken schiebt, dann dringt er tief und animalisch in mich ein. Mit einem Stöhnen senke ich meinen Kopf. Ich bin nass, aber eng, verdammt eng.

»Jas«, keuche ich, als er mit einer Hand zu meinem Kitzler hinunterfährt und sanft mit meiner Perle streichelt und spielt. »Du siehst so wunderschön aus, Baby.« Mein Herz schlägt unglaublich schnell und meine Hände fangen an zu schwitzen. Unbeholfen wische ich sie am Stoff ab.

Er zieht sich zurück und stößt dann noch fester in mich hinein. Er findet den Rhythmus, macht es immer wieder, mal weicher, mal härter und ich stöhne in den schönsten Tönen.

»Valerian sollte ein Bild davon malen, verdammt noch mal. Das würde in unserer Wohnung viel besser aussehen als diese verfickten Wolkenbilder«, höre ich Layton sagen und lächle vor mich hin. Verblüfft hebe ich den Kopf und sehe mich nach ihm um und finde ihn direkt neben mir. Er hat sich einen Joint gedreht, woher er plötzlich das Zeug dafür hat - keine Ahnung, aber er zündet ihn an und steckt ihn sich zwischen die Lippen, bevor er einen leichten Zug nimmt und mir zuzwinkert. »Willst du auch, Kleine?«

Ich lecke mir über die Lippen, versuche, das Wippen meiner Brüste zu ignorieren und mein Gehirn zu konzentrieren. Nur für ein paar Sekunden. Aber Jasper raubt mir all meinen Verstand, mein ganzes Sein, während er mich fickt, als würde er nichts lieber tun als das. Er beugt sich vor, drückt sich tief in mich hinein und beißt mir in den Rücken. Es ist ein magisches Gefühl, einnehmend und irgendwie unzerstörbar. Als er sich wieder zurücklehnt, lässt er seine Handfläche gegen meinen prallen Hintern knallen.

Ich stoße einen zischenden Atemzug aus, meine Knie geben ein wenig nach und ich will laut aufstöhnen, aber Layton hält mir plötzlich den Joint vor die Lippen und ich umklammere ihn. Ohne länger zu zögern, nehme ich einen Zug und atme tief ein, bevor ich die Augen schließe und den Rausch spüre, der durch meinen Körper fährt. Ein Kribbeln benetzt meine gesamte Haut, meine

Gedanken verschwinden zwischen den Wolken und ich ziehe ein zweites Mal daran. »Übertreibe es nicht, Kleine. Du bist das nicht gewöhnt.«

Aber ich höre nicht auf ihn und inhaliere das Zeug, als wäre es ein verdammter Asthma-Inhalator. Er zieht den Joint wieder weg und reicht ihn Jasper, der mir unterstützend über den Rücken streichelt und sich inzwischen langsamer in mir bewegt, wahrscheinlich um mir eine Atempause zu verschaffen. Als er an dem Joint zieht, spannt sich sein markanter Kiefer an und ich beobachte ihn genau, während er sich bewegt.

»Das ist wie in alten Zeiten«, murmle ich und Layton lacht rau. Kurz nach meinem fünfzehnten Geburtstag, hat er mir meinen ersten, von bisher drei, Joint gedreht. Nun gut, jetzt sind es vier. »Besser, Kleine. Es ist tausendmal besser als früher.«

Ich bin kurz davor zu kommen, was nicht nur an dem Nebel in meinem Kopf liegt, sondern an der Welle von Gefühlen, die mich plötzlich überschwemmt. Ich könnte schwören, dass mein Saft bereits an meinen Schenkeln herunterläuft.

Keuchend spanne ich meine Beckenbodenmuskeln an. Jetzt stöhnt Jasper tief und laut, unterbricht seine Bewegungen und fährt mit seinen Fingern über meinen Hintern. »Verdammt, Baby.«

Ich grinse und wende meinen Blick wieder ab.

Es scheint ihm zu gefallen, auch wenn ich selbst nicht wirklich Ahnung von dem habe, was ich tue. Aber ich spüre seine Hände überall auf mir. Als würde er wollen, dass sich seine Fingerspitzen jeden Zentimeter meiner Haut einprägen. meine Schenkel zittern und mein Hintern schmerzt aber es ist mir egal, ich lasse Jasper weiterhin in mich gleiten. Genüsslich kreise ich mit dem Kopf und kralle mich noch fester in die Kissen. Layton kifft und bläst mir Rauch ins Gesicht, weshalb ich leicht husten muss, doch ich fange mich schnell wieder.

Doch dann zieht sich Jasper aus mir zurück und spritzt auf meinen Rücken. »Du hast mich zu geil gemacht«, murmelt er dicht an meinem Ohr und ich erschaudere bei seinen Worten. Ich setze mich vorsichtig auf meinen Hintern und im nächsten Moment spüre ich, wie Jasper mir mit einem Handtuch das Sperma vom Rücken wischt. Layton beobachtet uns immer noch grinsend und ich kuschle mich dicht an ihn, er legt schützend einen Arm um meine Schultern und drückt mir einen Kuss auf die Schläfe.

»Wir sind hier noch nicht fertig, kleine Mar. Ruh dich nicht zu sehr aus.«

Ich kichere und verteile Küsse auf seiner nackten Brust, bis ich zu seinem Intimbereich komme und über seine Länge lecke. Mit einer Hand greife ich nach seinen Eiern, knete sie sanft, während ich mit meiner Zunge weiterhin spiele. Als ich meine Augen zu ihm nach oben richte, sehe ich, wie er die Stirn in Falten legt, die Augen leicht rot umrandet und die Lippen sinnlich geöffnet sind. So geht es weiter, bis ich letztendlich Lays Sperma schlucke, noch einmal auf Jaspers Zunge komme und mich dann breit auf der Couch ausstrecke.

Aber es ist der Moment, als Layton sich mit dem Kopf auf meine Brust legt und eindöst, bei dem mir die Brust eng wird. Layton schläft nicht in der Nähe von anderen Menschen. Und doch tut er es, in meinen Armen. Es ist Stolz und Freude, die durch mich strömen, bei der Erkenntnis, dass er mir wohl sehr vertrauen muss. Denn auch Jasper sieht immer wieder überrascht zu uns, als könnte er nicht glauben, was er vor sich sieht. »Warte kurz«, sagt er und springt dann auf, verschwindet in der Hütte und kommt wenige Augenblicke später wieder zurück. In der Hand hält er eine Digitalkamera, die er nun auf uns richtet. »Keine Sorge, sein Dickschädel verdeckt alles, was verdeckt sein sollte.« Er zwinkert mir zu und ich kichere, doch unterlasse es schnell, als Layton tief grummelt. Mit einem Finger auf die Lippen gelegt sehe ich zu Jas, der nur übertrieben mit den Augen rollt.

Und es ist ein fantastischer Moment.

16
Bambi

Layton

Die Sonne brennt angenehm auf meiner Haut, als ich auf der Picknickdecke liege und die Arme hinter dem Kopf verschränke. Marra und Jasper liegen zusammen in einem Liegestuhl auf der Veranda, ihr Gesicht an seine warme Brust geschmiegt, und sie scheint eingenickt zu sein.

Noch immer ein wenig benebelt, betrachte ich sie. Ich bin auf ihr eingeschlafen - was schon mal überhaupt nie passiert. Bei keinem Menschen. Aber sie hat mich dort gelassen, ist wach geblieben, bis ich irgendwann wieder klar im Kopf wurde und auf diese Picknickdecke geflüchtet bin. Jetzt ist sie diejenige, die sich ausruht.

Ihre nackten Füße baumeln über den Rand und sie trägt ein weißes Sommerkleid. Jasper streichelt liebevoll ihr hellbraunes Haar, und sie hat einen dieser unschuldigen, entspannten Gesichtsausdrücke, wenn sie schläft und ihr Körper denkt, dass niemand sie beobachtet. Jasper flüstert ihr leise etwas zu, das weder sie noch ich verstehen können. Ich habe ihn schon lange nicht mehr so sanft und mitfühlend erlebt. Er sorgt sich um sie, es ist ihm wichtig, dass es ihr gut geht.Seit der Trennung von Jadie hat er keine feste Freundin mehr gehabt. Er hat bekommen, was er brauchte, aber er hat sich nie um eine seiner nächtlichen Besucherinnen gekümmert.

Aber der Blick, den er Marra zuwirft - diesen Blick habe ich schon lange nicht mehr bei ihm gesehen. Valerian lässt sich mit einem Seufzer auf die Picknickdecke neben mir fallen und streckt sein Gesicht der Sonne entgegen, legt sich auf den Rücken und legt einen Arm über sein Gesicht.

»Was hat sie gewollt?«

Er seufzt tief und schüttelt stumm den Kopf.

Nicht jetzt - ich verstehe die Geste.

Wir haben ein Leben in New York, in das wir zurückkehren müssen, weil wir keine andere Wahl mehr haben. Wir müssen unsere Arbeit machen, die Firma ist unser größter Schatz. Aber das ist noch nicht alles: Bei Valerians Projekten sind Jasper und ich so etwas wie seine rechte Hand. Wir sind nicht hundertprozentig involviert, aber wir helfen ihm bei seinen Geschäften mit Klaus Diabolus. Seit Valerian als vierzehnjähriger Junge von ihm gehört hat, wusste er, dass er alles tun würde, um seinem persönlichen Albtraum zu entkommen, sobald ihm klar wurde, dass Klaus sein Ticket nach draußen war.

Sein Stiefvater brach Valerian, und seine Mutter unternahm nichts dagegen. Val hat alles verloren, sogar sich selbst, bis er mit unserer Firma in New York erfolgreich wurde. Am Anfang lebten wir in einer schäbigen alten WG, nahmen einen großen Kredit auf und häuften viele Schulden an. Das waren nicht nur schlaflose Nächte, sondern Jahre. Dann wuchs unser Erfolg, unser Unternehmen wurde bekannter, weil Jasper die perfekte Idee hatte. Genügend Leute wurden darauf aufmerksam - auch Klaus. Seitdem sind die beiden in Kontakt, schließen Geschäfte und Projekte ab, und Valerian hat fast erreicht, was er immer wollte.

Gesehen werden, ohne im Zentrum der Aufmerksamkeit zu stehen.

Macht und Geld zu haben, ohne Angst zu haben, dass es ihm wieder weggenommen wird.

Eine Familie, auch wenn sie nicht blutsverwandt ist, aber wir sind bei ihm und würden nie von seiner Seite weichen.

Marra ist ein wichtiges Puzzlestück in Valerians Checkliste, das ist mir mindestens genauso klar wie Jasper. Wir alle haben von ihr geträumt, uns nach ihr gesehnt. Aber Valerian hat sie begehrt und sich selbst verletzt, als er ihr den Rücken zukehrte. Als kleiner Junge war er Marra sehr ähnlich. Er hat sich selbst an die letzte Stelle gestellt, bis er früh lernen musste, dass er auf diese

Weise nicht weit kommen würde. Wenn er sich damals weiterhin mehr um andere als um sich selbst gekümmert hätte, wäre er jetzt tot.

Aber ein Teil von ihm hat Marra nie vergessen.

Er hat es sich nicht anmerken lassen, aber Jas und ich sind nicht dumm. Wir haben auch an sie gedacht, wir haben sie vermisst. Aber Valerian sehnte sich nach ihr, seine Seele suchte nach einem Weg zurück zu ihr.

»Klaus kommt nächste Woche nach New York.«

Ich sehe ihn an, sehe die Härte, die er sich in den letzten Jahren angeeignet hat, um seine Kunden zu verunsichern. »Es wird schon alles klappen, Val. Genieß deine letzten Stunden hier.« Er nickt und reibt sich das Gesicht.

»OH MEIN GOTT.« Marra setzt sich auf Jaspers Schoß und reibt ihren straffen Hintern an seinem Schritt. Aufgeregt sieht sie uns an.

»Boah Mädel, wenn du dich noch einmal so bewegst, ficke ich dich hier und jetzt«, brummt Jasper und packt ihren Hintern. Valerian und ich lachen, als Marra ihm einen bösen Blick zuwirft und dann in die Richtung zeigt, wo sie etwas entdeckt haben muss. Als ich auch dorthin schaue, weiß ich, warum sie so erfreut ist.

Ein kleines Rehkitz steht am Waldrand, noch etwas wackelig auf seinen dünnen Beinen, und schaut neugierig in unsere Richtung. Das warme Sonnenlicht lässt sein Fell glänzen. »Es ist so niedlich«, höre ich Marra leise zu Jasper flüstern, der offenbar immer noch damit beschäftigt ist, sich auf etwas anderes als ihren Hintern zu konzentrieren.

Sie stolpert fast über ihre eigenen Füße, als sie auf die Lichtung zugeht. Jas lässt seine Finger von ihr gleiten, bevor er sich nach vorne lehnt und sich mit der Hand über das Gesicht fährt. Heute war ein schwieriger Tag für ihn und es sind genug verrückte Dinge passiert, um ihn abzulenken. Aber nichts lenkt ihn so ab, wie Marra es tut. Er sieht ihr nach, als sie mit samtfüßigen, leichten Schritten vorsichtig die Veranda verlässt. Leise nähert sie sich dem Reh, bleibt aber weit genug weg, um es nicht zu verscheuchen. Dann geht sie in die Hocke, lehnt sich zurück und stützt ihre Arme auf das Gras. Auf ihren Lippen liegt ein breites, schönes Lächeln.

Valerian grunzt neben mir. »Oh nein, nicht noch mehr Tiere. Sie hat doch schon diesen verdammten Kater.«

Ich grinse. »Und jetzt noch ein Reh? Vielleicht zieht sie bald in einen Streichelzoo um.«

Jasper hebt seine Digitalkamera und macht ein Foto. Aber nicht mit dem Rehkitz im Fokus, sondern von Marra, die das Tier mit strahlenden Augen anschaut. Dann senkt er sie wieder und murmelt fast zärtlich: »Mein Bambi.«

Ich schnaube amüsiert, aber Marra ist viel zu fasziniert von ihrem neuen Waldfreund, um uns zu hören.

»Wusstet ihr, dass Rehe in der Wildnis oft...« Valerian hebt abwehrend die Hand, ohne sich die Mühe zu machen, die Augen zu öffnen. »Sternchen. Ich liebe dich, aber ich werde mir jetzt keine Fakten über Rehe anhören.«

Ich liebe dich?

Ich sehe ihn verblüfft an.

Jasper lacht. »Ich denke, es passt perfekt. Schüchtern, sanft, große braune Augen - sie ist genau wie das Rehkitz.« Marra schaut wie ich erstaunt zu Valerian, der schelmisch grinst. Dann zieht er die Augenbrauen hoch, als wollte er sagen: »Was? *Glaubt ihr etwa, ich hätte keine Gefühle?*« Aber ich hoffe, dass Marra seine Worte nicht zu ernst nimmt.

Val pflichtet Jasper bei. »Und wenn du sie erschreckst oder etwas sagst, das sie schockiert, springt sie genauso panisch weg.« Marras Gesicht verhärtet sich, als sie die Provokation und Anspielung zu erkennen scheint. Sie richtet sich auf, schnalzt mit der Zunge und stemmt die Hände in die Hüften. »Sehr witzig.«

»Nein, wirklich jetzt«, fährt er fort, diesmal mit einem ernsten Gesichtsausdruck, der sie noch mehr verärgern soll. »Du bist unser kleines Bambi. Zerbrechlich. Empfindlich. Du brauchst deinen ruhigen Wald, um dich sicher zu fühlen.«

Das Reh erschrickt bei seiner lauten Stimme, dreht sich um und rennt zurück in den Wald, was Marra dazu verleitet, ihm giftige Pfeile in den Kopf zu brennen. Ich mache bei dem Spiel mit. »Als ob sie jemals etwas tun könnte, das ...« Ich mache eine vage Geste. »Naja. Riskant ist.«

Sie kneift die Augen zusammen. Ich kann fast sehen, wie es hinter ihrer Stirn rattert und glüht. Sie mag es nicht, wenn wir so über sie reden.

Aber es macht Spaß, sie ein bisschen zu necken.

»Ach ja?«

»Ja.« Valerian grinst und schließt wieder die Augen. Im Licht der untergehenden Sonne sieht sein Haar fast golden aus und seine Haut leuchtet. »Wenn du mir das Gegenteil beweisen willst, dann bitte.«

Eine Sekunde lang herrscht Schweigen. Jasper und ich sehen unser kleines Mädchen an, aber sie starrt Valerian nur wütend an.

Dann plötzlich - setzt sie sich in Bewegung. Marra dreht sich um und rennt schnell über das Gras- direkt auf unsere Motorräder zu.

»Oh, Scheiße.« Ich richte mich auf, mache einen Schritt auf sie zu. Die Schlüssel stecken im Zündschloss.

»Sie traut sich nicht«, sagt Val, aber ich merke trotzdem, wie seine Lässigkeit langsam verschwindet. »Baby, mach keine Dummheiten!« ruft Jas ihr nach.

Aber sie zögert nicht eine Sekunde lang. Sie schwingt sich auf das Motorrad, ihre Finger umklammern den Lenker, und bevor einer von uns reagieren kann, startet sie das Ding. Der Motor heult auf. Jasper fängt an zu lachen. »Diese Frau wird mich noch ins Grab bringen.«

»Marra!«, schreit Valerian. »Das ist doch nicht dein Ernst!« Aber sie dreht sich nur halb zu uns um, hebt grinsend die Hand - und gibt Gas. Dann ist sie weg. Zurück bleiben nur der Staub auf dem Weg, Valerians ungläubiges Fluchen, Jaspers Klatschen und mein zufriedenes Grinsen.

17
Das Feuer gewinnt

Marra

ein Herz hämmert immer noch schnell gegen meine Rippen und der Wind weht mir durch die Haare, als ich den Motor abstelle und tief einatme. Ich spüre eine Mischung aus Adrenalin, Euphorie und Angst durch meine Adern rauschen - eine ungezähmte und völlig ungewohnte Energie, die mich komplett überwältigt.

Ich bin verrückt geworden.

Ich habe das Motorrad von Valerian gestohlen.

Und ich bin noch am Leben. Das dunkle Klatschen hinter mir erregt meine Aufmerksamkeit. Ich drehe mich um und sehe Valerian auf mich zukommen. Seine Haltung ist lässig, fast provokant, aber seine blauen Augen funkeln. Vielleicht vor Belustigung, vielleicht vor purer Verblüffung. Aber mit einem Hauch von Anerkennung.

Er schüttelt langsam den Kopf. »Du hast mein verdammtes Motorrad gestohlen, Marra.« Seine Stimme ist tief und ruhig - viel zu ruhig. Sie erinnert mich ein wenig an die alten Schultage, und das ist kein gutes Zeichen. Damals war er immer kalt - alles war ihm egal. Er war zu allen Leuten gleich.

Aber ich lasse dieses schlechte Gefühl nicht an mich heran. Ich recke mein Kinn, verschränke die Arme vor der Brust und erwidere kühl: »Und du hast gesagt, ich sei wie ein Reh.« Ich zucke mit den Schultern. »Rehe klauen keine Motorräder.« Layton, der ein paar Schritte entfernt steht, bricht in Gelächter aus. Jasper, der die Szene skeptisch beobachtet hat, fährt sich amüsiert mit den Fingern durch die Haare, aber ich kann deutlich etwas in seinen Augen erkennen: Stolz.

»Der Punkt geht an sie.«

Val sieht mich einen Moment lang schweigend an. Dann verziehen sich seine Mundwinkel zu einem amüsierten Lächeln. »Oder sie hat einfach verdammtes Glück, dass sie nicht in einer Leitplanke gelandet ist.«

»Hier gibt es keine Leitplanken. Nur Bäume«, bemerke ich und er hebt provozierend die rechte Augenbraue. »Was wäre dir lieber, gelber Stern?«

Ich zucke wieder mit den Schultern. Ich bin mir nicht sicher, was ich erwartet habe - dass sie mich auslachen oder mir sagen, dass ich unverantwortlich bin. Aber stattdessen schweigen sie. Und genau in diesem

Schweigen spüre ich es: die Freiheit und das betäubende Gefühl, das noch immer durch meine Adern fließt. Ich habe etwas getan, was ich für unmöglich gehalten habe. Aber genau das ist es, was dieses Wochenende ausmacht.

Und es fühlt sich verdammt gut an, das stimmt.

Ich trage eine Dankbarkeit in mir, die sich die Jungs nicht einmal vorstellen können. Sie haben mir diese Freiheit geschenkt. Sie haben mir Gefühle geschenkt, die für mich tatsächlich von Bedeutung sind und vor denen ich keine Angst habe. Naja - nicht direkt.

Aber als das Adrenalin langsam nachlässt, spüre ich die Erschöpfung in meinen Gliedern. Die Müdigkeit, die sich mit der herannahenden Abendkühle vermischt. Ich ziehe mir meine Klamotten aus, bleibe nur in meiner Unterwäsche. Vor vielen Jahren hat mein Vater eine Schaukel an dem robusten Ast eines Baumes befestigt, der über den See ragt. Als Kind war es mein absoluter Lieblingsrückzugsort. Ich husche schnell ins Haus, gehe in mein Zimmer hinauf und suche mir ein Buch aus dem Regal neben meinem Bett.

Ich lasse die Jungs hinter mir, wate zu der alten Schaukel hinüber und stoße mich dann vom Seeboden ab, um mich an den Seilen hochzuziehen.,

»Willst du eine Runde mitspielen?« ruft Valerian mir zu, aber ich schüttle nur den Kopf, während ich über die Schulter zu ihnen schaue. »Nein, danke. Spielt ohne mich..«

Sie ziehen sich aus, aber diesmal lassen sie ihre Boxershorts an, sehr zu meinem Bedauern, und springen

dann ins Wasser. Unter Jaspers Armen befindet sich ein Wasserball, den er kurz darauf Val zuwirft. Ich wende mich ab, atme ein paar Mal tief durch und sauge die Energie der Natur in mich auf. Ich schließe für einen Moment die Augen und lasse meine Gedanken abschweifen.

Ich glaube, ich bin völlig von Sinnen.

Der Wind streichelt sanft meine Haut, die Abendsonne taucht die Blätter in warmes Gold.

Meine Füße baumeln bis zu den Waden im Wasser. Zufrieden klappe ich das Buch auf und lese ein wenig darin. Es handelt sich um die Geschichte eines kleinen Jungen, der von seinen Eltern getrennt wurde und bei seinem Onkel in einer alten Villa aufwächst. Ich bin gefangen von dem Alltag des kleinen Jungen und von den Intrigen, die sich aufdecken, als ich plötzlich Layton auf mich zuschwimmen sehe.

»Verarbeitest du immer noch deinen kleinen Ausbruch, Speed Queen?« Lay's Stimme ist ruhig, warm - ein Kontrast zu dem leichten Grinsen, das er auf den Lippen trägt. Sein honigblondes Haar ist leicht zerzaust und er stellt sich dicht neben mich.

»Vielleicht.« Er schubst mich leicht an und ich lasse mich sanft hin und her schaukeln. Er sieht mich einen Moment lang an. »Und, wie war's?«

Ich denke darüber nach und schaue auf meine Füße. »Beängstigend. Aber auch...« Ich halte inne und suche nach dem richtigen Wort. »Befreiend.«

»Befreiend, hm?« Er hebt eine Augenbraue. »Vielleicht ist ja doch mehr an dir dran als nur das schüchterne Rehlein.«

Ich lache leise und schüttle den Kopf. »Oder vielleicht hat das Reh gerade gelernt, dass es rennen kann.«

Layton sieht mich an, sein Blick wird für einen Moment weicher. Ich weiß nicht, was er denkt, aber ich kann es spüren - dieses unausgesprochene Verständnis, das zwischen uns liegt. Ein Band, das sich anfühlt, als wäre es schon immer da gewesen. Als ob er mich schon immer *so* gesehen hat.

Ein paar Herzschläge lang ist es still. Nur das Gelächter der Jungs, die noch immer am Ufer herumtoben.

Dann sieht er mich an. Nicht wie früher. Anders. Er wirkt, als wüsste er nicht, wie er anfangen soll. Es ist ein Moment bei dem man weiß, dass was kommt. Etwas Großes.

»Ich hab dich vermisst«, sagt er dann leise.

»Du hättest schreiben können.«

»Du auch.«

Touché.

Er schenkt mir ein sanftes Lächeln und blickt dann aufs Wasser. »Ich war mir damals nie ganz sicher, ob du mich so gesehen hast, wie ich dich«, murmelt er und ich sehe ihn an. Mein Herz macht einen gefährlichen Satz, Kopf voran ins tiefe Wasser - kurz davor zu ertrinken. Seine Hände sind ineinander verhakt. »Ich war der

Kumpel. Der, der dich nachts heimgebracht hat, wenn die anderen weiter feiern wollten. Der, der sich danebenbenommen hat, damit du lachst.« Er schüttelt den Kopf. »Du warst mein sicherer Ort, Marra. Du und ich - das war einfach. Und ich habs verkackt, weil ich dachte, wir sind besser dran, wenn wir's nicht anfassen.«

Ich lache leise und es ist ein trauriges, zartes Geräusch. »Und was denkst du jetzt?«

»Jetzt bist du hier und das fühlt sich nicht mehr an wie Highschool.« Er schluckt und ich atme tief durch. ich verstehe seine Sprache, höre jedes einzelne Wort, aber es fällt mir schwer einen Gedanken zu formen, der ihm eine Antwort geben kann.

Ich erinnere mich an so viele Momente unserer Jugend. Wie wir zusammen auf seinem Balkon lagen, die Sterne gezahlt haben, unsere Finger fast berührt, aber nie ganz.

»Der Deal war, dass dieses Wochenende zu Ende geht. Dass du zurückgehst. Und ich auch. Ich will nicht's sagen, weil ich nicht will, dass du gehst und mit dem Gefühl nach Hause fährst, dass ich... auf etwas hoffe.«

»Aber du hoffst?«

Er grinst schief. »Vielleicht ein bisschen.«

Sein Blick wird weich und er fasst sanft nach meinen Knien. »Weißt du, das mit dem einschlafen in deinem Arm... ich mache sowas nicht. Ich kann nicht schlafen, wenn jemand so nah ist aber bei dir war es plötzlich so natürlich. Nicht einfach aber irgendwie auch nicht schwer.« Ich schlucke hart. Da ist ein gemeines Gefühl im

Hals, das sich nicht loswerden lässt. Ich wünschte, ich könnte mehr sagen, mehr darauf erwidern aber mein Verstand grenzt an Wahnsinn. Ich bin unfassbar verwirrt und unsicher - weiß nicht, ob es überhaupt eine richtige Entscheidung gibt.

Layton tunkt seinen Kopf unter das Wasser und schließt die Augen. »Du weißt, dass ich bleib, wenn du das willst, oder? Ich geh überall mit dir hin. Die Jungs und die Firma wären egal. Nur... du wärst wichtig.«

Ich drehe mich leicht zur Seite, betrachte sein Profil. Das Zucken seiner Lippen, als würde er bereuen, was er gerade gesagt hat. »Ihr seid eine Familie«, werfe ich ein und er verzieht gequält das Gesicht. »Auch Familienmitglieder wählen früher oder später unterschiedliche Wege. Trotzdem bleiben sie eine Familie.« Ich lecke mir nervös über die Lippen. »Und was, wenn ich selbst nicht weiß, was und wohin ich will?« frage ich leise. Er öffnet die Augen, sieht mich für einige Sekunden stumm an. »Dann bleib ich, bis du's weißt.« Es fühlt sich an, als läge eine Bombe in meinem Brustkorb, die Wärme streut und jeden Moment explodieren könnte.

Ich sammle meinen Mut zusammen und schlage das Buch auf meinem Schoß endlich zu. »Und wenn ich mitkomme?« Er sieht mich an, ruhig und gefasst, denkt genau über seine nächsten Worte nach.

»Dann tue ich so, als wär's dein Plan gewesen. Und nicht meiner seit Jahren.« Ich kichere leise aber spüre, wie sich das Gespräch wie eine Schlinge um meine Kehle legt. Ich weiß nicht, ob ich Witze machen soll. Ob ich ihm all meine Gedanken offenlegen soll. Aber der Blick mit dem er nicht mustert, gibt mir das Gefühl, dass ich ehrlich sein sollte.

»Warum hast du mir früher nie was gesagt?« Seine Stimme wird tiefer, ruhiger.

»Ich konnte damit leben nur ein Freund zu sein. Aber ich hätte es nicht ausgehalten, wenn du dich plötzlich ganz von mir abgewandt hättest.« Das ist das Problem mit Layton. Er spricht nicht oft - selten emotional. Aber wenn er es tut, dann landet es direkt zwischen den Rippen.

Seufzend sehe ich weg.

»Ich dachte immer, du bleibst nur, weil du musst«, flüstere ich. Er schüttelt abrupt den Kopf. »Ich bleib, weil ich das will. Ich hab dich nie als irgendeine Option gesehen. Du warst immer diejenige, auf die ich gewartet habe, ohne es selbst wirklich zu merken.«

Stille.

Es vergehen Sekunden, die sich ziehen wie Minuten.

Dann: »Man, das war jetzt zu viel, oder?«

Ich grinse. »Vielleicht ein bisschen. Aber auf eine Art, die nicht vergessen geht.«

In seinem Blick liegt etwas, das sich endlich aus der Dunkelheit getraut hat. Ich hebe meine Hand und lege sie sanft an seine Wange. Meine Stirn ist in tiefe Falten gelegt und ich betrachte sein gesamtes Gesicht. Von den gewellten Haarsträhnen, über die glänzenden Augen und der Stupsnase, bis hin zu seinen vollen Lippen. »Ich weiß nicht, wie das hier enden wird.«

»Ich auch nicht«, antwortet er. »Aber ich wäre gern dabei, wenns anfängt.«

Ich suche eine Antwort in seinen bernsteinfarbenen Augen, eine Lösung für all meine Probleme. Ich suche nach dem Fadenende, das den Knoten löst. »Ich hab keine Ahnung, was richtig ist, Lay.« Er antwortet nicht sofort und lässt mir Raum zum Atmen. Wie früher. Wie immer.

»Du musst auch nicht jetzt eine Entscheidung treffen«, sagt er. »Nicht heute. Nicht morgen. Vielleicht erst, wenn wir schon längst wieder in New York sind.«

Erneut stelle ich mir ein Leben in New York vor. Wie mein Alltag wäre. Aber da gibt es nicht viel, das ich mir vorstellen kann. Ich weiß nicht, wie es dort läuft. Ich kenne keine Großstadt, habe diese Seite von North Carolina noch nie verlassen. Aber sie haben mich vor sich selbst gewarnt. Haben mir mehrfach versucht zu sagen, dass mein Leben nicht zu dem ihren passt. Nicht auf eine lange Zeit.

Aber ich wünsche mir so sehr, dass es anders wäre.

Tränen brennen mir in den Augen aber ich spüre, wie seine Finger beruhigende Kreise über meine Knie zeichnen.

»Du weißt, dass ich's spüre, oder?« frage ich ihn schließlich. »Dich. Euch. Alles.« Meine Stimme ist hoch und zittrig.

Layton sieht mich an, länger als er sollte und nickt dann knapp. »Ja, Kleine. Aber ich glaube, du musst erst rausfinden, ob du dich selbst auch noch spürst. Mach, was für dich richtig ist und nicht das, was wir uns wünschen.« Dann entfernt er seine Finger, schwimmt ein wenig von mir weg und lächelt mich an. »Mach dir keinen Kopf, kleine Mar. Es gibt keine perfekte Entscheidung. Nur das, womit du nachts schlafen kannst.« Dieser Satz schallt wie ein Echo durch meinen Kopf. Er ist so ehrlich, dass es mich zutiefst berührt. Und vielleicht ist das gerade alles, was ich ertragen kann.

»Ich habe dich damals nie gefragt, was du fühlst, weil ich dachte, es reicht, wenn ich's weiß.« Ich wische eine einzelne Träne fort, die ihren Weg über meine Wange begonnen hat, und presse die Lippen aufeinander. Ich nicke.

»Und ich hab nie gesagt, dass ich dich nach New York hab gehen lassen, obwohl ich's nicht wollte.«

»Ich dachte, ich muss eines Tages einfach gehen und dir die Chance geben, dass du dein eigenes Leben so aufbauen kannst, wie du es wirklich willst. Und das will ich noch immer, kleine Mar.« In seinem Blick liegt Zärtlichkeit, Aufrichtigkeit und eine Spur von Traurigkeit, die mir mein Herz zerreißt. Dann wandelt sich sein Gesichtsausdruck und er nickt mir mutig zu.

Ich lächle gebrochen. Er wendet sich ab. Zurück ans Ufer. Zurück zu den Jungs. Zurück nach New York, bald zumindest. Ich bleibe auf der Schaukel sitzen, schaue auf das Wasser, das im Licht glitzert.

Drei Männer. Drei Wege. Und ich mittendrin.

Vielleicht bin ich doch kein Reh, das rennt.

Vielleicht bin ich einfach jemand, der stehen bleibt, wenn alle anderen weitergehen.

Doch dann dreht er sich noch ein letztes Mal zu mir um, während Jasper den verrosteten Grill vor die Hütte schiebt und Valerian ihm streng Anweisungen gibt. Lay hebt die Hand an den Mund und ruft: »Eins ist sicher: barfuß und nur im Kleid Motorrad fahren? Verdammt heiß.«

Ein paar Stunden später grinse ich immer noch über seine Worte. Noch lustiger ist allerdings sein und Jaspers kläglicher Versuch, ein Feuer zu machen. Auf meinem Schoß liegt immer noch ein Teller mit den Resten unseres Grillfestes - die Jungs haben sich am Grill richtig ausgetobt und sich wie richtige Männer gefühlt. Jasper fand sogar die rosa Schürze richtig cool und Layton hatte eine mit Flammen drauf. Nur Val sah ein bisschen albern aus mit den Einhörnern, aber das habe ich ihm nicht gesagt. Natürlich nicht.

Jetzt kann er sich daran erfreuen, wie Jas und Lay sich zum Narren machen, während er entspannt neben mir sitzt und seine Jungs mit gleichgültiger Miene beobachtet. »Wie war das? Ihr kennt euch in der Natur super aus?« nerve ich sie und Layton zeigt mir den Mittelfinger. »Hab Vertrauen in uns, Baby. Es wird gleich in Flammen aufgehen.«

Valerian rollt bei Jaspers Worten mit den Augen. »Das Einzige, was gleich in Flammen aufgeht, ist meine Zigarette.« Er nimmt eine aus der Packung und steckt sie sich zwischen die Lippen. Das Knistern von Holz, das auf

Stein trifft, und Jaspers leises Fluchen lenken mich davon ab, ihn weiter genau zu beobachten. »Willst du mich verarschen, Bruder? Das kann doch nicht so schwer sein, oder?« Layton entreißt Jasper das Werkzeug und stößt ihn ein wenig zur Seite, was mich laut auflachen lässt. Mein Magen ist voll, ich bin bis zum Rand gefüllt und zufrieden. Und diese beiden Idioten sind mein Abendprogramm.

Wir haben uns auf Picknickdecken vor der Hütte niedergelassen, uns in Wolldecken gewickelt und Holz gesammelt, das wir eigentlich für ein Lagerfeuer verwenden wollten. »Die Menschen machen schon seit Jahrhunderten Feuer«, brummt Lay und Jas pustet in die kleine Flamme, die kurz aufflackert - und dann wieder erlischt. »Ich sage dir, das Holz ist feucht.«

»Oder du bist einfach nur inkompetent«, ertönt Valerians amüsierte Stimme neben mir, wo er sich mit einem Bier in der Hand zurücklehnt. Die Zigarette ist halb geraucht.

Layton und Jasper tauschen einen genervten Blick aus. »Dann mach's besser, Blondie«, knurrt Jas schließlich und wirft mit Holz und Steinen nach Val, aber der zeigt ihnen nur die kalte Schulter. »Ich werde mich nicht so zum Affen machen wie ihr. Zwei Alphamännchen gegen ein Feuer - und das Feuer gewinnt.« Ich lache laut auf und Layton wirft mir einen bösen Blick zu.

Valerian steht ruhig auf, geht mit einer übertrieben lässigen Bewegung auf das Feuer zu und greift in die Tasche seiner Jeans - und holt sein Feuerzeug heraus.

Ohne ein weiteres Wort hält er es ans Feuer, dreht das Rad und Sekunden später züngeln kleine Flammen empor.

Stille.

»Arschloch.« Layton wirft ein Stück Holz nach ihm. »Das ist nicht fair.«

»Schlauer denken, Bruder.«

Ich kichere und ziehe die Decke fester um meine Schultern. Das Feuer knistert leise und wirft warme Schatten auf unsere Gesichter, während der Himmel über uns in dunkles Blau versinkt.

Val setzt sich neben mich und hält mir sein Bier vor die Nase. Ich nehme genüsslich einen Schluck und kuschle mich an ihn heran.

Ich genieße den Augenblick.

Das Gefühl, nicht allein zu sein.

Bei ihnen zu sein und vielleicht zum ersten Mal in meinem Leben so gesehen zu werden, wie ich wirklich bin. Sie wollen und akzeptieren mich. Und das Schlimmste, was sie tun können, aber nicht von Anfang an getan haben: Sie schonen mich nicht. Sie geben mir das volle Programm.

Ich habe Menschen bei mir, die mir Gesellschaft leisten, und ich fühle mich zum ersten Mal gut genug. Das ist es wert.

Ich bin es wert.

Ich schaue in die Flammen. Und plötzlich ist da wieder dieser Gedanke, dieser verrückte Gedanke, der mir im Kopf herumschwirrt.

Was wäre, wenn ich mit ihnen nach New York gehe?

Was, wenn ich es einfach tue?

Was soll's?

Als ich meinen Kopf hebe, begegne ich Jasper's Blick. Er sieht mich an, als wüsste er genau, was in mir vorgeht.

Aber ich sage es ihm nicht.

Denn Layton hat gesagt, ich solle mit meiner Entscheidung friedlich schlafen können. Kann ich das? Würde ein Leben in New York friedlich sein?

Ich sage es ihm nicht.

Denn so sehr ich diesen Moment auch genieße - so sehr er sich auch wie ein Zuhause anfühlt - ich weiß, dass er nicht von Dauer sein kann.

Das ist die Abmachung.

18
Der Wettbewerb ohne Jury

Valerian

»Oh, das wird toll«, sage ich grinsend, während ich eine alte Leinwand aus der staubigen Kiste ziehe. »Ich kann es kaum erwarten, dich zu schlagen, Sternchen.« Sie rollt mit den Augen und bläst sich eine Strähne hellbrauner Haare aus dem Gesicht. Sie sitzt auf der baufälligen Kommode, die Hände unter den Oberschenkeln, die Haare mit einer Spange hochgesteckt.

Während die anderen noch draußen am Feuer saßen, habe ich das Haus erkundet und eine tolle Entdeckung gemacht. Dann habe ich sie gezwungen, sich alte Kleider anzuziehen und sich die Haare aus dem Gesicht zu stecken.

»Ich habe schon seit Jahren nicht mehr gemalt. Die sind vielleicht schon hier, seit ich sie das letzte Mal für die Schule gebraucht habe«, versucht sie sich zu verteidigen, aber ich schüttele den Kopf. »Perfekt. Dann ist die Chance zu gewinnen ja noch größer.«

Ich schaue auf die getrockneten Farbflecken auf dem alten Holzboden des Lagerraums, dann auf das verbeulte Regal mit ein paar ungeöffneten Farbtöpfen. Alles sieht so aus, als ob es nur hier ist, weil es auf diesen Moment gewartet hat.

Ich trage alles aus dem Abstellraum ins Wohnzimmer, wo ich den gesamten Boden mit einer Plastikplane abgedeckt habe. Jasper und Layton sitzen auf der Couch, beobachten uns mit amüsierten Blicken und essen die Reste vom Grill. »Habt ihr ein Kunst-Battle oder was?« fragt Layton und nimmt einen Schluck von seinem Bier. Marra kommt schließlich auch ins Zimmer, die Arme vor der Brust verschränkt, und sieht mich an, als wäre ich lebensmüde. Aber das bin ich nicht. Ich will, dass wir die letzten Stunden dieses Wochenendes genießen.

Und zwar in vollen Zügen.

Ich will das nicht bereuen. Ich will das Beste aus allem machen und jede Gelegenheit für Spaß und Freiheit ergreifen, die sich uns bietet.

Ich nehme den ersten Farbtopf - leuchtend blau - und öffne ihn mit einem lauten Knacken »Genau das machen wir.«

Marra schnaubt und zieht eine Augenbraue hoch. Aber in ihren Augen liegt so viel Gefühl und Zuneigung für mich, dass ich weiß, dass sie scherzt. Sie hat schon immer die etwas künstliche Seite in mir geliebt. Und sie mag mich viel zu sehr, um jetzt nicht mitzumachen.

Es liegt so viel Liebe, Zärtlichkeit und Leidenschaft in ihren Augen und in ihrer Körpersprache, dass ich mich einfach nur über sie hermachen möchte. Aber zuerst will ich gewinnen. »Und wie genau willst du das beurteilen? Wir haben keine Jury.«

»Das können wir machen.« Jasper hebt seine linke Hand hilfsbereit in die Luft, aber Marra winkt ab. »Du hast keine Ahnung von Kunst. Du urteilst nach Sympathie.« Jasper sieht sie entrüstet an. »Ich finde, das ist eine dreiste und gemeine Lüge. Hast du das gehört, Lay? Sie traut uns nicht zu, dass wir den Job gut machen.«

Lay schüttelt zustimmend den Kopf und sieht Marra mit zusammengepressten Lippen an. »Du triffst uns mitten ins Herz, Mar.«

Sie lacht und wirft beiden Jungs eine Kusshand zu, bevor sie sich wieder mir zuwendet. Ich wische mit zwei Fingern etwas Farbe von meinem Deckel und grinse. »Oh, ich brauche keine Jury. Ich weiß bereits, dass ich gewinnen werde.«

Sie sieht mich herausfordernd an. »Ach ja, du eingebildeter Snob?«

»Ja.«

Und bevor sie antworten kann, ziehe ich meine Hand zurück und streiche ihr mit der blauen Farbe über die Wange. Sie erstarrt für einen Moment und atmet scharf ein. Dann sehe ich es - das Funkeln in ihren Augen.

»Das. Hast. Du. Nicht.«

Ich lache und drehe mich um, um einen weiteren Farbtopf zu holen, aber sie ist schneller. Bevor ich auch nur annähernd reagieren oder ausweichen kann, spüre ich etwas Kaltes in meinem Nacken.

»Verdammt, Sternchen!« Ich fahre mit der Hand über die Stelle und betrachte dann die gelbe Farbe. Oh.

»Ich schätze, vor acht Jahren gelbe Farbe auf meiner Leinwand zu hinterlassen, hat dir nicht gereicht. Willst du mich jetzt auch noch in einen gelben, leuchtenden Stern verwandeln?« Sie schürzt spöttisch die Lippen und sieht mich triumphierend an. »Der einzige Stern hier bin ich.«

Ich lache laut auf, während mein Herz bei dieser Aussage einen Schlag aussetzt.

Dann deutet sie auf meine Brust und ich schaue nach unten. Auch dort zieren gelbe Schlieren meine Haut. »Vielleicht bist du doch nicht so unbesiegbar.«

»Komm nicht auf dumme Gedanken, Sternchen.« Ich greife nach einem anderen Topf - rot. Blitzschnell tauche ich meine Hand hinein und streiche damit über ihre Brust. Sie kreischt und versucht, nach hinten zu flüchten, aber ich halte sie fest, meine Finger in Farbe getaucht, während sie über ihre Arme gleiten.

Ihre Haut ist warm unter meinen Händen von all der Sonne, die sie heute bekommen hat, und für einen Moment vergesse ich fast, dass es ein Spiel ist.

Jasper und Layton sind schon längst in Deckung gegangen, die Feiglinge sind aus dem Schussfeld geflohen, aber sie feuern uns immer wieder an. »Komm schon, Marra! Zeig ihm, wo der Pinsel hängt!«

Die Leinwand liegt auf dem Boden, längst vergessen, während wir uns gegenseitig bemalen und selbst zu einer menschlichen Leinwand werden. Marra atmet schwer, ihre Wangen sind gerötet. »Okay, okay! Stopp!«

Sie hebt die Hände. »Wir sind quitt.«

Ich schaue sie an. Ihr leuchtendes Gelb vermischt sich mit meinem Blau und dem Rot auf ihrer Brust. Unsere Finger- und Handabdrücke sind überall auf unseren Armen, Schultern und Gesichtern. Ganz zu schweigen von unseren Oberteilen.

Plötzlich wird mir bewusst, wie nah wir uns sind. Ihr Brustkorb hebt und senkt sich schnell, als wäre sie einen Marathon gelaufen, und ich bin sicher, das kommt nicht nur von unserem kleinen Spiel. Sie ist sich unserer Nähe genauso bewusst wie ich. Mein Blick fällt auf die roten Streifen auf ihrem Schlüsselbein, die sich über ihre Schulter bis zum Beginn ihres Shirts erstrecken. Mein Körper reagiert schneller als mein Verstand und mein Schwanz drückt hart gegen meine Hose.

»Oh fuck«, knurre ich und packe ihr Handgelenk, um sie näher zu mir zu ziehen. »Ich glaube, wir sind noch nicht ganz fertig.« Ihr Blick flackert - Lust, Neugierde und Gier darin.

Ich will wissen, wie sie mit all der Farbe schmeckt.

Ich will wissen, ob sie unter meinen Händen genauso schmilzt wie die Farbe auf ihrer Haut.

Mit einem Ruck lehne ich mich vor, entschlossen, ihren Mund zu erobern. Es ist genau so, wie es sein soll - wild, unkontrolliert, als wäre es längst überfällig.

Meine Hände gleiten über ihre Taille, über die Farbe, die sich warm und klebrig anfühlt, als ich sie gegen die Staffelei und ihre eigene Leinwand drücke. Ihre Finger fahren durch mein Haar und hinterlassen blaue und gelbe Spuren, aber das ist mir egal.

Stöhnend schiebe ich ein Bein zwischen sie und ziehe ihr das Hemd über den Kopf, während sie mir auf die Lippe beißt, weil sie mehr will, und sie dann aus ihrem Mund herausspringen lässt.

Wir verlieren uns in diesem Moment. In der Hitze. Im Chaos der Farben, der Haut, der Leidenschaft und des Verlangens.

Als wir uns schließlich voneinander lösen, ist sie atemlos, ihre Lippen sind geschwollen, und die Leinwand hinter ihr - das Einzige, was noch nicht mit Farbe bedeckt ist - ist nun ein einziges Kunstwerk aus Blau, Rot, Gelb und all den Farben, die sich durch unsere Berührung vermischt haben. Sie zeigen ein Kunstwerk, das keiner von uns geplant hat.

Ein Kunstwerk, das nur von uns beiden geschaffen wurde.

Ich schaue sie an und grinse. »Ich würde sagen, ich habe gewonnen.«

Sie lacht leise, ihre Finger gleiten auf meine Brust, »Ich glaube, es ist ein Unentschieden.«

Ich lehne mich näher heran, meine Stirn gegen ihre. »Dann müssen wir wohl eine Revanche machen.«

Sie erwidert mein Grinsen. »Vielleicht.«

Jas und Lay, die in der Zwischenzeit in Deckung gegangen sind, sehen uns zufrieden an. »Also...«, beginnt Lay langsam. »Ich hoffe für euch, dass die Farbe nicht giftig ist.«

Jasper schüttelt amüsiert den Kopf. »Ich wusste, dass es eskalieren würde.«

Marra kichert, ihre Stirn lehnt immer noch an meiner. Und in diesem Moment wird mir klar, dass ich nie genug von ihr bekommen werde. Ich will sie für den Rest meines Lebens bei mir haben, denn vielleicht war das, was ich vor ihrem Motorradausbruch zu ihr gesagt habe, nicht nur reine Provokation. Vielleicht liebt ein Teil von mir sie wirklich. Vielleicht kein sehr großer, aber wenn ich dem Gefühl in meiner Brust traue, wird dieser Teil von Minute zu Minute größer.

Mit flinken Fingern öffnet sie den Reißverschluss meiner Hose und lässt sie nach unten fallen.

Diese Aktion macht mich so geil, dass ich tief einatmen muss. Ich mag es, wenn sie weiß, was sie will. Redet nicht zu viel darüber, macht es einfach. Ich mag es, wenn sie sich traut.

Sie zieht ihre eigene Hose aus und geht zu den Farbtöpfen, dann wendet sie sich an die beiden anderen. »Zieht eure Sachen aus.« Wie von der Tarantel gestochen tun sie, was mein kleiner Stern ihnen sagt, und werfen ihre Kleidung achtlos durch den Raum. Auch ich ziehe mich vollständig aus und warte auf mein nächstes Kommando. Jas und Lay stehen dicht neben mir, als ob wir salutieren wollten.

Mar sieht uns mit einem verschmitzten Grinsen an, dann nimmt sie einen Pinsel und taucht ihn in die blaue Farbe.

»Jetzt legen wir mal richtig los.«

Sie stellt sich zuerst vor mich, hebt den Pinsel an meine Stirn und sieht konzentriert auf die Hautstelle, die sie bemalen will. Die Farbe ist kalt auf meiner Haut aber alles wofür ich Kopf habe, ist diese sexy Frau vor mir.

Ich spüre es.

Ihren Blick.

Die Liebe und Leidenschaft, die sie in ihre filigranen Bewegungen steckt. Als sie mit meiner Stirn fertig ist legt sie grinsend den Kopf schief und legt die Spitze des Pinsel an meiner Hüfte an. Ich will nach unten sehen, doch sie schüttelt streng den Kopf. »Na-na, Val. Erst, wenn alle fertig sind.« Ich nicke einverstanden und lasse sie ihre Arbeit beenden. Bei Layton malt sie etwas auf die Schultern aber ich wage es nicht, meinen Kopf in seine Richtung zu drehen, um einen besseren Blick zu erhaschen. Am Ende schmeißt sie mir noch einen vollen Topf gegen den Schädel. Bei Jasper setzt sie den Pinsel an seinem Brustkorb an, dann dreht sie ihn um und malt etwas auf seinen Hintern. Neugier flackert in mir auf und ich kann kaum noch ruhig dastehen.

Sie tritt ein paar Schritte zurück und betrachtet ihr Werk - ein zynisches Lächeln auf den Lippen. Dann bricht sie in schallendes Gelächter aus. »Ich finde das alles sehr akkurat.« Endlich drehe ich den Kopf zu meinen besten Freunden. Ich verenge die Augen bei dem Versuch, alles zu erkennen. Das auf Jaspers Brust ist ganz sicher ein Barcode. Ein Barcode? Was zum Teufel soll das denn? Ich strecke meinen Hals, um auf seinen Hintern zu sehen und muss schnauben. Es ist ein Smiley.

Bei Layton hingegen sind auf beide Schulterblätter Augen gemalt, darunter ein Unendlichkeitszeichen. Dann sehe ich an mir selbst herab und halte inne.

Nicht ihr Ernst.

»Nicht, dass du mal vergisst, wo dein Ego liegt«, lacht sie und ich verschränke die Arme vor der Brust. Sie hat mir einen Pfeil in die Richtung meines Schwanzes gemalt - die kleine Hexe. »Und was ist auf meiner Stirn?«

Lay und Jas werfen einen Blick darauf und ziehen die Augenbrauen hoch. »Ich denke mal ein... Heiligenschein?« Perplex sehe ich Jasper an.

»Warum das denn?«, frage ich und Marra kommt zufrieden auf mich zu. Sie schlingt ihre Arme um meinen Hals, stellt sich auf Zehnspitzen und schwebt mit den Lippen dicht vor meinen, als sie flüstert: »Ein Mann mit so vielen Sünden braucht wenigstens ein bisschen Ausgleich.«

Oh - wenn sie nur wüsste.

Gefühlvoll lässt sie unsere Lippen miteinander verschmelzen und ich erwidere den Kuss, glücklich darüber, dass sie wenigstens ihren Spaß hat. »Äh, aber warte mal. Was haben unsere Zeichen auf sich?« Layton reibt sich beschämt über den Nacken, Marra löst sich langsam von mir und stellt sich mit verschränkten Armen vor sie. »Der Smiley auf dem Po? Damit jeder weiß, wie happy Jas sich in diesem Bereich fühlt.« Sie zwinkert Jas zu, hebt dann aber eine Hand an die Lippen und flüstert Lay zu: »Ich glaube er steht auf Ärsche.«

Jas lacht rau. »Verdammt richtig geraten, Baby.«

Sie zuckt mit den Schultern. »Der Barcode ist nur für den Fall, dass ihn jemand zurückbringen will. Oder kaufen. Oder beides.«

Das Lächeln auf seinen Lippen verrutscht und er sieht sie böse an. Doch bevor er zurückschließen kann, geht Marra schon zu Layton über. »Die Augen stehen dafür, dass du auch was siehst, wenn du wieder vor deinen Gefühlen wegrennst. Das Unendlichkeitszeichen für deine immer anhaltende Loyalität und Unterstützung.« Dann geht sie auf beide zu, springt ihnen gefährlich in die Arme und landet anschließend in einer Umarmung, bei der sie von beiden Seiten zerquetscht wird. Stumm lächelnd warte ich ab.

Nach ein paar Sekunden ergreife ich ihre Hand und ziehe sie zu mir auf die Couch. Die Folie knistert leise, das Zimmer ist in gedämpftes Licht getaucht - nur die

Stehlampe neben dem Kamin leuchtet. Jasper starrt sie noch immer prüfend an.

»Wieso guckst du mich so an?«, fragt sie.

»Wie gucke ich denn?« stichelt Jas und sein Blick wandert von ihren Augen hinab zu ihren Lippen.

»Als wolltest du mich vernaschen.«

Ich sehe, wie sie hart schluckt und ihre Hände gegen ihre Oberschenkel reibt. »Und wenn ich das will?« Er kommt näher, kniet sich vor Marra auf den Boden und lässt seine Hand ihren Innenschenkel hinauf wandern. Sie beißt sich auf die Lippe, versucht seine Berührung zu ignorieren aber mir entgeht ihre körperliche Reaktion nicht. Ihre Nippel stellen sich auf und ihre Wangen erröten leicht.

»Dann würde ich dich fragen, wie viel Hunger du mitgebracht hast.« Sie sollte aufhören ihn zu provozieren, sonst kann das ganz schnell, ganz unschön werden. Um sie davor zu retten, greife ich nach ihrem Gesicht, drehe es zu mir und lege meine Lippen erneut auf ihre. Meine Zunge gleitet hinein und sie stöhnt ein wenig, meine Zähne bleiben an ihrer Zunge hängen. Ich necke sie, lege meine Hände an ihre Hüften und fahre sie auf und ab. Im Hintergrund höre ich, wie Jasper sich eine Zigarette anzündet und sich gegen die Wand lehnt, uns betrachtet und auf jede kleine Bewegung achtet. Sie wimmert und mir ist bewusst, dass dieses Geräusch nicht nur mir zu verschulden ist, weshalb ich mich sanft von ihr löse. Layton hat ihre Schenkel gespreizt, das Gesicht zu ihrer Mitte gesenkt, seine Nase gleitet ihren Schlitz hinauf.

Ihre Wangen färben sich knallig Pink aber ich werde ihr keine Sekunde erlauben, das hier als unangenehm zu empfinden.

Lieber ertrinke ich in diesem See da draußen.

»Layton...« Er unterbricht ihr Flehen und leckt mit der Zunge, dann zieht er kreisende Bewegungen. Jasper tritt mit der Kippe im Mund zu uns, legt eine Hand um Marras nackte Brust und streichelt über ihren Nippel. Dann nimmt er die Kippe zwischen seine anderen Finger und schließt seine Lippen, um ihre Brustwarze. Ich nehme ihm die Zigarette ab, damit er mit der zweiten Hand den anderen Nippel drehen kann, während Layton ihre Pussy erobert.

Plötzlich wandert ihre Hand in meinen Nacken und zieht mich wieder zu sich heran. Sie presst stürmisch ihre Lippen auf meine, vergräbt ihre Finger fest in meinen Haaren.

Mein Schwanz pulsiert, ist mittlerweile kerzengerade aufgestellt und bereit für mehr. Ich will alles. Alles, was sie mir bieten und geben kann.

Ich nehme ihn in die Hand, streichle mich selbst und verliere das Gefühl für Raum und Zeit. Ich will nicht, dass es jemals endet. Unsere Zungen umkreisen sich, sie beißt mir hin und wieder in die Lippe, bis ich mein eigenes Blut spüre, und sie holt nur schnappatmend nach Luft, bevor sie sich wieder auf mich stürzt. Auch Layton wird wilder, spreizt sie noch weiter, beißt ihr in die zarte Haut und sie keucht unter meinem Kuss. Jasper wechselt sich zwischen ihren Brüsten ab, knetet und zwirbelt, leckt und saugt.

Dann zieht Layton sie näher an sich, was sie überrascht aufschreien lässt, und reibt ihre Pussy an seinen Schwanz. »Welchen willst du zuerst?«, fragt er. Ihre Augen schießen zu ihm, ihre Wimpern flattern. Seine Lippen sind mit ihrer Nässe beschmiert, als würde er einen Gloss tragen und seine Augen glänzen zufrieden. Währenddessen lässt Jasper seine Hand über ihren Bauch wandern, hinab zu ihrer Perle und reibt an ihr.

Ich sehe, dass sie ihm eine Antwort geben will aber sie ist so erregt und angetan von Jaspers Handspiel, dass ihr Kinn leicht zittert und sie ihre Stirn angestrengt in Falten legt. Ich wette, sie kann gerade nicht einen ordentlichen Gedanken fassen.

Dann lässt er seine Finger in sie gleiten, sie sackt ein wenig in sich zusammen aber Layton hält sie sicher fest. Unsere Körper sind noch immer beschmiert mit der Farbe. Bunte Farbkleckse erstrecken sich über unsere gesamte Haut, vermischen sich und bilden eine neue Farbpalette.

»Oh mein Gott«, stöhnt sie und wirft den Kopf zurück.

Ihre Augen sind geschlossen, als Jasper rhythmisch seine Finger in ihre Bewegt, sie biegt, bis sie ihren Rücken wölbt und nach Luft schnappt. Dann zieht er sie hervor und hält sie ihr vor die Lippen. »Probier.« Bereitwillig öffnet sie ihren Mund und schmeckt ihre eigene Süße. Erregt drücke ich meinen Schwanz fester und ziehe sie dann von ihnen weg. »Das will ich für immer machen«, höre ich Jasper sagen und ich will ihm sagen, dass es das letzte Mal sein könnte.

Aber diese Erkenntnis trifft auch mich hart.

Es könnte das letze Mal sein, dass wir uns so nahe sind. Nur noch wenige Stunden, dann fliegen wir zurück nach New York. Ich weiß, dass sie vorhin ein Gespräch mit Layton hatte. Worüber? Keine Ahnung aber es hat ihn mitgenommen. Ich bin sein verdammter bester Freund und wenn ihn etwas bewegt, dann spüre ich das.

Sie sieht mich an, ihre Augen dunkler als sonst, als hätte sie entschieden, dass der Morgen erst morgen zählt. Ich klopfe demonstrativ auf meinen Schoß. Ein Wimpernschlag - und sie bewegt sich.

Sie ist nicht vorsichtig, zögert nicht, sondern klettert rittlings auf meinen Schoß, ihre Lippen nur Millimeter von meinen entfernt. Ich kann selbst ihren Herzschlag spüren. Schnell.

Ich streiche ihre Haare zur Seite, küsse sie dort, wo ihr Hals in die Schulter übergeht. Ein Beben geht durch ihren Körper. »Val.« Ich weiß nicht, ob es ein Befehl oder eine Warnung ist aber ich höre nicht auf.

Und dann sind da wieder Jasper und Layton, die sie berühren, über ihre Haut streicheln und sie liebkosen. Drei Paar Hände, drei verschiedene Tempi - wir kennen sie alle aber jeder auf seine eigene Weise.

Layton ist der, der ihr zuhört. Der wartet und sie ansieht, als wäre sie das schönste Chaos, das je in seinen Leben getreten ist. Jasper testet sie. Fordert und provoziert sie, zeigt ihr wie viel Kontrolle sie hat - oder auch nicht.

Und ich bin der, der sie fallen lässt. Aber auch der, der sie festhält, wenn sie loslässt.

Ich versenke meine Zähne in ihrer Haut - sie stöhnt.

Jaspers Finger gleiten tiefer - ihre Hüfte zuckt.

Layton hält sie fest. Er flüstert ihr etwas ins Ohr aber ich höre nur Fragmente. »Wenn's vorbei ist...« - »...dich erinnern.« - »...keine Angst.«

Ihre Finger krallen sich in meinen Rücken und ich weiß, dass ich es am nächsten Morgen noch spüren werde. Und ich will es. Ich will jeden verdammten Abdruck. Jeden Kratzer.

Jasper sieht mich an und unsere Blicke kreuzen sich. Es ist eine stumme Absprache, bevor er sie von mir runter zieht und sie an der Kante der Couch platziert.

Diesmal kümmert sich Jasper um ihren Mund, Layton um ihre Brüste und ich dringe mit einem kräftigen Ruck von hinten in sie ein. Sie schreit nicht aber sie gibt Laute von sich, die durch Mark und Bein gehen. Halb von Lust geprägt, halb... Schmerz? Nein, eher so, als würde etwas aus ihr herausbrechen, das viel zu lange versteckt gewesen ist.

Minuten verschwimmen. Sekunden dehnen sich aus. ich verliere mich. Tausche hin und wieder die Position, ohne es richtig mitzubekommen. Es ist egal, wo ich an ihr bin. Jeder Teil von ihr, lässt mein Herz schneller schlagen. Es sind Worte, ganze Sätze, die sich in meinem Kopf bilden aber nicht über meine Lippen kommen.

Wir baden uns in der Hitze und dem Schweiß, rutschen auf der Folie hin und her.

Jasper kommt erst in ihrem Mund, dann auf ihren Bauch.

Layton zieht seinen Schwanz aus ihr, bevor er sich auf ihrem Rücken ergießt.

Und als alles in der finalen Runde zu beben beginnt, hält sie sich an mir fest. Krallt sich in meine Brust, zieht mich zu sich, flüstert meinen Namen.

Dann Laytons.

Dann Jaspers.

Und dann - gar nichts mehr.

Nur Atem.

Nur Puls.

Nur Stille.

Und auch ich spritze meinen Orgasmus ab.

19
Glühwürmchen

Jasper

ie Nacht ist still. Nur das leise Rascheln der Blätter im Wind und das Zirpen der Grillen durchbrechen die Dunkelheit. Der Mond wirft ein silbriges Licht über den Wald und taucht die Hütte und den kleinen See in eine fast surreale Szene.

Eigentlich müsste ich jetzt schlafen, aber etwas hält mich wach.

Oder besser gesagt - *jemand.*

Marra.

Wir haben alle zusammen geduscht, uns die ganze Farbe vom Körper geschrubbt und sind dann gemeinsam in Marras Schlafzimmer eingeschlafen. Nur Layton hat sich wieder einen anderen Schlafplatz gesucht.

Ich habe es gehört, als sie aufgestanden ist. Das leise Quietschen der Dielen, das kaum wahrnehmbare Geräusch der in den Angeln schwingenden Tür. Ich weiß, dass sie nicht schlafen kann. Vielleicht liegt es an der

Hitze. Vielleicht liegt es daran, dass sich das Wochenende dem Ende zuneigt. Vielleicht liegt es an uns.

Also folge ich ihr.

Weder Val noch Lay haben uns gehört oder sind aufgewacht, um uns zu folgen. Ihre kleine Gestalt bewegt sich langsam über den Waldboden, barfuß, in einem leichten weißen Hemd und einer kurzen Schlafhose. Ihr Haar fällt in weichen Wellen über ihre Schultern, während sie mit gesenktem Kopf einhergeht. Ich ziehe mir in Windeseile meine Schuhe an und nehme ihre mit, denn ich bin mir ziemlich sicher, dass es auf Dauer ziemlich kalt werden kann.

Ich mag es nicht, wenn sie traurig ist.

Es ist ein schmerzhaftes Ziehen in meiner Brust, das mir den Atem raubt. Ich will nicht, dass es ihr schlecht geht.

Verdammt, Baby, heb deinen Kopf und hüpfe fröhlich durch den Wald.

Wir haben versucht, dich glücklich zu machen, nicht zweifelnd.

Sie merkt nicht, dass ich hinter ihr bin.

Erst als ich auf einen Ast trete.

Sie zuckt zusammen, wirbelt herum, ihre Augen weiten sich, dann atmet sie aus. »Verdammte Scheiße, Jas.« Sie legt eine Hand auf ihr Herz.

»Du hast mich erschreckt.« Ich hebe beschwichtigend die Hände und gehe näher zu ihr. »Tut mir leid, Baby. Ich dachte nur, ich leiste dir ein bisschen Gesellschaft.« Sie sieht mich einen Moment lang an, als ob sie überlegen würde, ob sie mich wegschicken soll. Aber dann zuckt sie mit den Schultern und dreht sich wieder um. »Dann komm mit.« Ich gehe neben ihr her, während wir unseren Spaziergang durch die Nacht fortsetzen. Ich halte ihr die Schuhe hin. »Die habe ich mitgenommen.« Sie sieht mich dankbar an und zieht sie an. Nach ein paar Metern kommen wir an einem kleinen Glühwürmchenfeld an, und Marra betrachtet sie ein paar Minuten. Aber sie sagt kein Wort. Sie lässt ihren Blick einfach über das Gras und die Blumen, die Glühwürmchen und die Büsche schweifen. Wenn ich sie so ansehe, fällt mir nur ein passender Begriff ein: die Tochter von Mutter Natur. Sie saugt die Landschaft und den Wald in sich auf, als wäre es ihre Lebensenergie. Als ob das alles wäre, was sie braucht, um fit zu bleiben. Sie sieht alle Glühwürmchen an, als würde jedes von ihnen ihr Hoffnung spenden.

»Kannst du nicht schlafen?« frage ich schließlich, nachdem wir ein paar Schritte weiter gegangen sind, und durchbreche damit das Schweigen, das sich zwischen uns ausgebreitet hat. Sie schüttelt den Kopf. Ihr weiches Haar fällt ihr ins Gesicht und ich streiche es sanft hinter ihr Ohr zurück. »Mein Kopf ist zu voll.« Ich schaue sie von der Seite an. Ihre Stirn ist leicht gerunzelt, als kämpfe sie mit einem Gedanken, den sie nicht aussprechen will.

Und verdammt noch mal, ich möchte platzen.

Ich kann sie nicht länger so sehen.

Jede Faser meines Wesens spannt sich an und gerät in Panik. Ich will sie wieder glücklich machen. Ich will nicht, dass sie leidet. Ich will, dass sie genießt. Noch vor ein paar Stunden war sie so entspannt und frei. Was ist plötzlich passiert? Seit sie mit Layton gesprochen hat, hat sich irgendwas verändert. Nur ich weiß nicht was.

»Willst du mir sagen, was dich bedrückt?«

Sie lacht leise, aber es ist kein fröhliches Lachen. Es ist eher so, als würde sie sich über sich selbst lustig machen. »Ich weiß selbst nicht, was ich denke.«

Ich warte. Ich habe in meiner Schulzeit gelernt, dass Marra Zeit braucht, um sich zu öffnen. Das hat sich nie geändert, und ich bin froh, dass es so ist.

Ich bin froh, dass sie immer noch das Mädchen ist, in das ich mich damals verliebt habe. Denn sie hat dieses Wochenende zum besten meines Lebens gemacht.

Und schließlich, nach ein paar weiteren Schritten, hebt sie ihren Kopf zum Himmel und schaut zu den Sternen, als ob sie still um Hilfe beten würde.

Dann sagt sie es.

»Ich habe mich in euch verliebt.«

Der Satz trifft mich härter, als ich erwartet hatte.

Ich bleibe stehen. Sie auch.

Sie dreht sich zu mir, ihre großen braunen Augen suchen die meinen. Sie sind voller Emotionen - Unsicherheit, Schmerz, Hoffnung.

»In euch alle«, fügt sie leise hinzu. »Und ich weiß, dass das dumm ist. Ich weiß, es ist nicht realistisch. Aber... es ist passiert.«

Mein Herz klopft schneller. Ich denke so schnell, dass ich kurz davor bin, einen Herzinfarkt zu bekommen.

Baby.

Mein Herz bricht ein wenig.

Ich wusste es. Natürlich wusste ich es.

Aber es zu hören - es aus ihrem Mund zu hören - macht es so viel schwieriger. Sie senkt den Blick, kickt mit dem Fuß gegen einen kleinen Stein.

»Dieses Wochenende war...« Sie lacht kurz auf, diesmal leiser, trauriger. »Es war das Verrückteste, was ich je getan habe. Ich bin aus meiner eigenen kleinen Welt ausgebrochen. Ich habe Dinge getan, von denen ich nie dachte, dass ich sie tun könnte. Und ich fühle mich lebendig. Wirklich lebendig.«

Sie seufzt tief und ich muss mich zusammenreißen, um nicht zu zittern.

»Ich bin euch so unglaublich dankbar. Du hast mir diese Chance gegeben. Ich habe in diesen zwei Tagen mehr gelernt als in meinem ganzen Leben. Ohne euch wäre das alles nicht möglich gewesen.«

Dann sieht sie mich an. Mit diesem Funken Hoffnung in ihren Augen, den ich so sehr fürchte. »Ich könnte es mir vorstellen«, sagt sie schließlich. »Mit euch nach New York zu gehen, weißt du? Dieses Leben auszuprobieren.«

Meine Brust zieht sich schmerzhaft zusammen.

Mein Herz schreit auf und ich frage mich, ob ich wirklich krank bin. Das ist doch genau das, was wir alle wollen, nicht wahr? Aber mein Verstand weiß es besser.

Denn ich muss genau das sagen, was sie nicht hören will.

»Marra...«

Sie beißt sich auf die Lippe, als ob sie die Worte zurückhalten und mich zum Schweigen bringen könnte. Aber ich kann nicht schweigen. Das darf ich nicht.

»Sag nichts. Lass es mich einfach erklären, okay? Danach kannst du mich in die Realität zurückholen.«

Ich nehme einen tiefen Atemzug.

Meine Brust fühlt sich plötzlich so eng an.

»Ja, ich habe mir vorgestellt, wie es wäre, wenn ich es einfach tun würde. Aber dann habe ich mich gefragt, ob ihr es überhaupt wollt. Willst du mich? So wie ich bin?« Sie holt tief Luft und anscheinend war das keine richtige Frage, denn sie wartet nicht auf eine Antwort. »Ich bin in Selbstzweifel verfallen.« Ich möchte ihr widersprechen und ihr Mut machen, möchte ihr sagen, dass wir sie gerne nach New York mitnehmen würden, so wie sie ist, die Marra, die wir kennen.

Ich möchte ihr sagen, dass alles ganz einfach sein wird.

Dass wir uns dort ein perfektes, schönes Leben aufbauen werden.

Wir alle zusammen.

Aber das wäre eine Lüge.

Und ich werde Marra nicht anlügen.

»Ich weiß, dass ihr mich mögt. Dass ihr mich irgendwie... besonders findet. Und ich weiß, dass ich auch einen Teil von euch gefunden habe, den ihr nicht verlieren wollt. Ich habe euch gesehen. So wie ihr wirklich seid, weil ihr euch vor mir nie verstellen musstet. Und gerade wegen euer wahren Gesichter habe ich mich in euch verliebt.« Sie sucht meinen Blick. Sie sucht nach einer Bestätigung, die ich ihr nicht geben kann. Ich fühle mich schlecht, denn sie weiß nichts. Sie hat keine Ahnung wie wir wirklich sind. Zu was wir geworden sind. Es gibt zu viele Dinge, die sie nicht weiß, Dinge die wichtig wären, um eine ehrliche Zukunft zu führen.

»Also, sag mir, warum kann ich nicht mit euch gehen?«

Es tut höllisch weh. Ich schließe für einen Moment die Augen und zwinge mich, die Worte zu akzeptieren, die ich gleich selbst sagen werde.

»Ich will nicht, dass du das tust.«

Sie runzelt die Stirn. »Was meinst du?«

Ihre Stimme ist zittrig, und es fühlt sich an, als würde mir jemand ein Messer in den Bauch stoßen und es drehen.

»Ich meine ...« Ich schüttele den Kopf und suche nach den richtigen Worten. »Du glaubst, du willst es. Weil sich dieses Wochenende richtig angefühlt hat. Weil wir uns richtig gefühlt haben. Aber du kennst unser Leben nicht wirklich, Baby. Du hast nur einen kleinen Ausschnitt davon gesehen. Und es war nicht echt.«

»Was meinst du mit 'es war nicht echt'?«

Ich bleibe stumm.

Ihre Lippen öffnen sich, aber ich bin schneller.

»Ich will nicht, dass du dich für uns veränderst. Ich will nicht, dass du dich in ein Leben zwingst, das nicht zu dir passt, nur weil du dich danach sehnst, im Moment etwas anderes zu sein.« Sie sieht mich verletzt an, und es zerreißt mich innerlich.

»Jasper, ich -«

»Du würdest es hassen.« Meine Stimme ist sanft, aber entschlossen. »Die Stadt, der Druck, die Geschwindigkeit, die Lautstärke, die Menschen dort. Die Art, wie wir leben. Es würde dich kaputt machen, Marra. Du würdest dich selbst verlieren. Und das ist das Letzte, was ich will.« Ich kann sehen, wie ihr die Tränen in die Augen steigen, ihre Finger krallen sich in ihr Oberteil.

»Sobald du unser Leben siehst, unsere Pläne, unsere Ambitionen... Wir sind schnell. Ehrgeizig. Mutig.«

Ihr Gesicht spiegelt Erstaunen wider und sie legt den Kopf schief. »Und ich? Ich liebe die Stille. Ich liebe die Natur. Ich liebe es, wenn ich die Zeit anhalten kann, anstatt ihr hinterherzulaufen. Und ist es für euch ein so großes Problem, dass ich nicht mit euch zusammenleben kann? Würde ich euch nur ausbremsen?«

Sie sieht mich an, als ob ich sie in Grund und Boden beleidigt hätte. Ich wische mir über das Gesicht und schüttle verzweifelt den Kopf. »Nein, Baby. Wir mögen dich so, wie du bist. Du bist perfekt, glaub mir. Und du würdest uns sicher nicht aufhalten, aber New York - das würde dich nur zerstören. Du hast gerade selbst gesagt, was du liebst. Und diese Dinge gibt es in unserem Leben nicht. Und du würdest das nicht verkraften können.«

»Das hast du nicht zu entscheiden. Du musst nicht nachsichtig mit mir sein. Ich bin kein kleines Kind, ich weiß schon, worauf ich mich einlasse.«

Ich sehe sie mitleidig an, denn sie ist so aufgewühlt, so emotional, dass sie gar nicht mehr weiß, was sie denkt. Ich kann es in ihrem Gesicht sehen. Sie ist verwirrt und überwältigt. Ihre Augen flackern, ihre Brust bebt und ihre Finger zittern. Sie weiß nicht mehr, was richtig und was falsch ist, kann sich nicht mehr von der falschen Wahrnehmung ihrer Gefühle distanzieren. Sie hat keine Kontrolle über ihre Gefühle, ihre Gefühle kontrollieren sie.

Sie kann sich selbst nicht einschätzen.

»Ich liebe dich.«

Meine Kehle schnürt sich zusammen.

Ich fahre mir mit der Hand durch die Haare und schaue einen Moment lang in den Himmel, weil es sonst zu schwer wäre, sie anzusehen. Dann atme ich aus und sage die Worte, die ich nie sagen wollte.

»Und ich liebe dich. Wir alle tun das. Aber das ist nicht genug.«

Sie zittert.

»Warum nicht?«

Ich sehe sie an. Mein Blick ist sanft, meine Augen brennen.

»Weil Liebe nicht immer bedeutet, dass es funktioniert.«

Eine einzelne Träne kullert über ihre Wange. Sie wischt sie hastig weg, atmet tief durch. »Baby, in New York gibt es nichts, was dich halten kann. Nichts, was du liebst. Nichts, was dich glücklich machen kann.«

»Ihr alle seid dort.« Ich lege eine Hand an ihre Wange und sie schmiegt sich daran.

»Du bist nicht die Art von Frau, die emotional von Männern abhängig wird, Baby. Du bist so viel stärker und besser als das. Und genau das wäre es, wenn du nur wegen uns nach New York gehen und versuchen würdest zu bleiben: Abhängigkeit. Und diese Last will ich dir nicht aufbürden.«

Eine weitere Träne kullert über ihre Wange und diesmal fange ich sie mit meinem Finger ab. Sie sieht blass aus.

»Ich wünschte, es wäre anders«, sage ich schließlich leise. »Ich wünschte, wir wären uns unter anderen Umständen wieder begegnet. An einem anderen Punkt in unserem Leben.« Dabei ist das alles meine Schuld. Ich wusste, dass wir sie hier wieder treffen würden. Ich habe es darauf angelegt. Ich habe diesen Deal mit ihr gemacht - ich war es, der ihr eine Vorstellung von diesem Wochenende versprochen hat, die ich jetzt eventuell nicht mehr einhalten kann,

Sie schluckt schwer und weitere Tränen sammeln sich in ihren Augen.

»Ja, ich auch.«

Ich beiße mir schmerzhaft auf die Innenseite meiner Wangen und versuche, mich davon abzuhalten, dieser Frau falsche Versprechungen zu machen. Ich möchte sie glücklich machen und es zerreißt mich, dass ich es nicht kann.

Dann nickt sie. Ein einzelnes, langsames Nicken.

»Ich verstehe.«

Ich möchte etwas sagen, möchte ihr erklären, dass es mir genauso weh tut. Dass es mir genauso gut gefallen würde wie ihr. Ich möchte ihr mehr sagen als 'Ich wünschte, es wäre anders'. Aber was würde es nützen?

Das Schweigen zwischen uns ist schwer, beladen mit all den Worten, die wir nicht sagen können.

Also tue ich das Einzige, was ich kann.

Ich habe diese Abmachung mit ihr getroffen. Ich muss sie auch beenden.

Ich gehe einen Schritt auf sie zu und mein Herz macht einen schmerzhaften Sprung, als sie gleichzeitig einen Schritt auf mich zugeht, als wären unsere Gedanken miteinander verwoben. Ich schlinge meine Arme um sie und sie drückt sich eng an mich, ich halte sie so fest, als könnte ich die Zeit anhalten. Ich atme ihren Duft tief ein, genieße ihre zarte Haut, ihr weiches Haar und die Art, wie sich ihr kleiner Körper an meinen großen schmiegt. Sie vergräbt ihr Gesicht an meiner Brust und atmet auch mich ein, als wolle sie sich diesen Moment einprägen. Ich will ein besseres Leben für sie. Kein Val, der nicht ehrlich zu ihr ist. Keine wie Layton und mich, die eine Lüge nicht aufklären und einfach damit leben.

Ich küsse den Scheitel ihres Kopfes. Dann flüstere ich ihr ins Haar:

»Ich werde dich immer vermissen.«

Ich möchte sie für immer im Arm halten.

Denn ich weiß, es wird die letzte Umarmung sein.

Sie sagt nichts. Weil es nichts mehr zu sagen gibt.

Und ich lasse sie gehen.

20
Paparazzi

Marra

E s beginnt mit einem Geräusch.

Ein leises Brummen, kaum mehr als ein Beben in der Stille.

Ich liege auf der Seite, die Decke halb über mich gezogen, das Gesicht im Kissen vergraben. Meine Gedanken schweben irgendwo zwischen Traum und Wirklichkeit, und ich bin so erschöpft, dass ich das Geräusch erst einmal ignoriere.

Brumm.

Es hört nicht auf.

Dumpf und unheimlich.

Ich blinzle in die Dunkelheit des Zimmers, das nur durch das schwache Mondlicht erhellt wird. Irgendwo in der Nähe vibriert ein Telefon - nicht meins, das weiß ich.

Ich habe meines seit zwei Tagen nicht mehr angerührt und es ist immer noch in meiner Handtasche.

Brumm.

Mit einem leisen Seufzer drehe ich mich um und suche nach der Quelle des Geräusches. Meine Augen sind immer noch klebrig und geschwollen von den Tränen, die ich vorhin auf dem heimlichen Spaziergang zwischen Jasper und mir vergossen habe. Meine Brust fühlt sich immer noch leer an, irgendwie beraubt. Als ob mir meine ganze Leidenschaft gestohlen worden wäre.

Ich wollte mich sofort von Val und Lay verabschieden und nach Hause fahren, aber Jasper hat es mir verboten. Er wollte, dass ich noch eine Nacht drüber schlafe, versuche, mich zu beruhigen und erst am nächsten Morgen aufbreche. Er brachte mich sicher zum Haus zurück, aber ich legte mich im Wohnzimmer hin, während Jas zurück in Vals Schlafzimmer ging.

Der Blick, den er mir zuwarf, als er mich hier allein zurückließ, wird mich in meinen schlimmsten Albträumen verfolgen. Es war Mitleid. Das höchste Maß an Mitleid. Da war Schuld. Und Traurigkeit.

Ich spürte seinen eigenen Schmerz. Aber das macht es auch nicht besser.

Brumm.

Ich richte mich auf und schaue auf den Küchentisch, wo der Übeltäter liegt.

Es ist das Telefon von Valerian. Das Display leuchtet auf, und ein Name blinkt mir entgegen, als ich aufstehe und darauf zu gehe.

Izabella.

Ich starre auf das Display und den Namen.

Etwas zieht sich in meiner Brust zusammen, ein dumpfer Druck, den ich nicht benennen kann. Izabella. Ich kenne diesen Namen. Sie ist eine Freundin aus New York, nicht wahr? Die aus der Bar.

Brumm.

Ich weiß nicht, warum ich so lange auf das Telefon starre. Vielleicht, weil es sich anfühlt, als würde es mehr bedeuten, als es sollte. Als ob dieser Name nicht nur irgendein Name wäre. Als das Display endlich wieder dunkel wird, zwinge ich mich, den Blick abzuwenden.

Aber dann werden plötzlich kurze SMS angezeigt, alle nacheinander von Izabella. Ich greife nach dem Satellitentelefon, ziehe die Antenne aus und starre aufs Display.

Izabella: Ruf mich an.
Izabella: Man hat euch gesehen.
Izabella: Du sorgst nur für Probleme.
Izabella: Wer verflucht ist sie?
Izabella: Komm nach Hause.

Mit einem mulmigen Gefühl lege ich es wieder weg und versuche mich davon abzuhalten, direkt negativ zu denken. Aber was bedeutet das? Wer ist sie? Und warum ruft sie Valerian mitten in der Nacht so oft an?

Ich kann nicht mehr schlafen.

Vielleicht ist es das Brummen, vielleicht sind es die letzten Tage, vielleicht ist es die Erkenntnis, dass es zu Ende geht oder das Gespräch mit Jasper. Ich weiß es nicht genau. Meine Handtasche steht auf der Kommode im Flur. Ich greife nach meinem Telefon, es ist ein gebrauchtes, altes Satellitentelefon, das mir meine Mutter über Arbeitskollegen besorgt hat. Ich kann damit jedoch nur SMS verschicken, weshalb ich es anschalte - und ich sehe sofort die unzähligen Nachrichten, die sich in den letzten Tagen angehäuft haben. Was seltsam ist, denn ich kenne nicht viele Leute, die mir einfach so eine SMS senden.

Meine Mutter, die sich meldet, um mir mitzuteilen, dass mit Leo alles in Ordnung ist. Aber dann verkrampft sich mein Magen, als mein Blick auf eine bestimmte Nachricht fällt.

Dana: Guck ins Promi-Portal.
Dana: Bist du das dort auf dem Foto?
Dana: Neben Valerian?

Es ist nicht nur das seltsame Gefühl, das sich bei der Dringlichkeit ihrer Worte in mir einstellt, sondern auch die Tatsache, dass Dana mir nie Nachrichten schreibt. Ich habe auf dem Klassentreffen zum ersten Mal seit langer Zeit mit ihr gesprochen.

Mein Herz klopft schneller.

Ich gehe zu Jaspers Reisetasche und ziehe seinen Laptop mit Modem hervor, platziere ihn in Windeseile auf der Kücheninsel und schalte ihn an.

Ungeduldig wippe ich mit den Beinen, beiße an den Rändern meiner Fingernägel und versuche mich selbst irgendwie davon zu überzeugen, dass alles gut ist.

Ist es das?

Ich habe nicht den blassesten Schimmer.

Als der Bildschirm endlich aufleuchtet öffne ich das Internet, suche nach dem Promi-Portal und folge mit den Augen dem fetten Balken, der sich nur innerhalb von zehn Sekunden bewegt. Und dann nur minimal.

Brumm.

Es ist wieder ein Anruf von Izabella.

Mein Herz macht beinahe einen Satz, als der Balken fast fertig ist und sich das verpixelte Bild langsam auflöst. Die Verbindung hier draußen ist schwach aber noch gut genug.

Und dann sehe ich die neue Schlagzeile. Darunter ein Bild mit schlechter Auflösung, schwarz weiß und ein wenig verwackelt aber man erkennt trotzdem einiges.

Zu viel, wenn man mich fragt.

Ich sehe mich selbst.

Das bin ich.

Ein Foto, das bei Jadies Hochzeit aufgenommen wurde. Es zeigt den Moment, in dem Jas, Val und ich vor Jadie wegrennen. Valerian ganz nah bei mir. Sein lebhafter Blick ist leidenschaftlich auf mich gerichtet. Seine Hand liegt um mein Handgelenk, mein Haar ist vom Wind und unserem Sex zerzaust, mein Gesicht liegt halb im Schatten. Aber man kann sehen, was wir getrieben haben.

Der dazugehörige Text brennt sich schmerzhaft in meine Netzhaut ein.

New Yorks berühmter aufstrebender Aktienhändler Valerian King als Gast auf einer Hochzeit. Sein Date? Jedenfalls nicht seine Verlobte. Scheint die bevorstehende Ehe bereits in die Brüche zu gehen? Was wird seine zukünftige Frau Izabella St. James dazu sagen? Und noch viel interessanter: Wer ist seine mysteriöse Affäre?

Mein Herz bleibt stehen.

In meinem Kopf dreht sich alles.

Verlobte?

Meine Finger werden taub, meine Sicht verschwimmt. Ich blinzle hastig und versuche, die Worte noch einmal zu lesen, in der Hoffnung, dass ich mich irre, dass da etwas anderes steht - aber nein.

Valerian ist verlobt.

Und ich bin nicht irgendwer auf diesem Bild. Ich bin die Frau, die als eine Bedrohung dargestellt wird. Als eine Affäre.

Mir wird schlecht.

Die Luft fühlt sich plötzlich viel zu dünn an, meine Brust schrumpft auf die Größe einer Erbse. Das Summen von Valerians Telefon reißt mich aus meiner Benommenheit.

Izabella.

Plötzlich wird mir alles klar.

Sie haben sich in der Bar kennengelernt und ineinander verliebt.

Sie ist nicht irgendeine alte Freundin.

Izabella ist nicht nur irgendein Name.

Izabella ist seine Verlobte.

Und er hat es mir nie gesagt.

Er hat mir nie die Wahrheit gesagt.

Tränen der Wut sammeln sich in meinen Augen, und ich kralle mich in mein Haar, ziehe so stark daran, dass meine Kopfhaut brennt. Ich fühle mich, als hätte man mir den Boden unter den Füßen weggezogen, und alles, was unter mir liegt, ist eine tiefe Leere, in die ich falle, ohne dass ein Ende in Sicht ist.

Wie in Trance renne ich die Treppe hinauf, stoße alles um und klinge wie ein ungeschicktes Tier. Aber das ist mir egal.

Alles ist mir scheißegal.

Wie kann er mir das nur antun?

Mein Herz klopft wie wild, als ich die Tür hinter mir zuschlage. Meine Lunge brennt, aber nicht vom Laufen, sondern vom Atmen. Von dem Versuch, nach Luft zu schnappen, während mein ganzer Brustkorb sich anfühlt, als würde er unter dem Gewicht von tausend Tonnen zerbersten. »Valerian!« Mein Schrei durchschneidet die Stille. Dann trete ich gegen das Bett. Selbst sein müder

Körper muss spüren, dass etwas nicht stimmt, denn er setzt sich kerzengerade auf und braucht sich nicht einmal die Müdigkeit aus den Augen zu wischen - er ist hellwach. Das Gleiche gilt für Jasper, der sich aus dem Bett schwingt und unbeholfen daneben steht.

»Was zum Teufel?« Seine Stimme ist schlaftrunken, aber als er mich genauer ansieht, ändert sich etwas in seinem Gesichtsausdruck. Ich wende mich ab, während mein Herz einen Stich auslöst.

Ich stehe da, die Hände zu Fäusten geballt, meine Fingerknöchel weiß vor Anspannung. Mein ganzer Körper zittert.

Ich schleudere beide Telefone auf das Bett. Auf dem einen kann er Danas Nachrichten sehen, auf dem anderen, die seiner... Verlobten.

Es prallt gegen Vals Brust und fällt neben ihm in die Decke. Die Tür öffnet sich hinter mir, Layton streckt seinen Kopf ins Zimmer und schließt sie dann hinter sich. Er steht neben mir, sieht mich einen Moment lang an, aber ich habe nicht die Kraft, ihn anzuschauen.

»Nimm es«, stoße ich hervor und wende mich an Valerian. »Lies es.«

Er greift danach, schaut auf den Bildschirm - und dann sehe ich es. Die minimale Verengung seiner Augen, das kaum merkliche Erstarren seiner Finger. »Marra, ich kann es erklären.« Seine Stimme ist panisch.

Layton gesellt sich zu Jasper an den Rand des Bettes, Valerian sitzt immer noch darin, die Augen gesenkt, die Hände verschränkt.

Und ich?

Ich bin der Sturm in diesem Raum.

Ich lache auf, aber es ist ein kalter, gebrochener Ton. »Dann erkläre mir, warum dein Name in einem verdammten Artikel mit *Verlobter* steht!«

Stille.

Auch die anderen beiden scheinen begriffen zu haben, worum es hier geht, denn sie schauen zerknirscht zu Valerian und dann traurig zu mir. Ich kann ihnen nicht in die Augen sehen. Ich schäme mich so sehr, so dumm gewesen zu sein. So, so dumm.

Schließlich wende ich mich ihnen zu, mein Blick ist wütend und enttäuscht. »Ihr habt es gewusst.« Meine Stimme zittert. »Ihr habt es alle gewusst.« Jasper reibt sich müde das Gesicht, Layton blickt zu Boden.

»Marra...« Layton beginnt zu erklären, aber ich reiße die Arme hoch. »Nein! Redet euch nicht raus! Ihr wollt mich doch verarschen!«

Ich spüre, wie ich zittere, aber ich zwinge mich, nicht nachzugeben. Nicht jetzt.

Ich schlage mit der flachen Hand gegen den Türrahmen. »Ihr habt mich angelogen.« Ich habe Jasper gesagt, dass ich sie liebe. Und verdammt, das tue ich auch. Irgendetwas in mir, der dümmste und bescheuertste Teil von mir, hat beschlossen, sich in sie zu verlieben. Und dafür hasse ich mich im Moment so sehr, dass ich nicht nur ihnen den Kopf abreißen möchte, sondern auch mir selbst.

»Baby...« beginnt Jasper, aber ich reiße meinen Kopf herum und starre ihn an. »Rede nicht mit mir, als wäre ich ein verdammtes Kind, Jasper! Als wäre ich dumm und naiv und würde das alles nicht verstehen!« Ich schüttle den Kopf, meine Stimme bricht. »Verdammt noch mal, ich hab's verstanden. Ich habe es besser verstanden, als ihr es mir jemals erklären könntet.«

Ich zeige auf Valerian. »Du bist verlobt.« Das Wort schmeckt wie Gift auf meiner Zunge. »Und ihr habt es mir nicht gesagt. Ihr alle habt es mir nicht gesagt, sondern mich in diese Scheiße hineingezogen, obwohl ich nichts davon wusste!«

»Weil es nichts bedeutet!« wirft Valerian ein. Seine Stimme ist lauter als meine, sein Blick flehend. »Verdammt, Marra, Izabella ist - es ist kompliziert. Diese Verlobung ist nicht echt. Diese Verlobung ist... aus geschäftlichen Gründen entstanden, okay? Ich liebe sie nicht.«

Ich lache bitterlich. »Du hast es trotzdem nicht gesagt. Kein einziges Wort. Denkst du, das macht es weniger zu einem Verrat? Mir gegenüber? Geschweige denn ihr gegenüber? Weiß deine Verlobte, was du hier tust?«

Er presst die Lippen aufeinander und ich kann sehen, wie es in seinem Kopf arbeitet. Schweigen.

Das dachte ich mir schon.

Jasper seufzt und tritt vor. »Marra, hör mir zu. Wir wollten dir nicht wehtun.«

»Aber das habt ihr.« Ich schließe flatternd meine Augen. »Ihr habt mir wehgetan, Jasper. Weil ihr entschieden habt, dass ich die Wahrheit nicht verkraften kann. Weil ihr entschieden habt, dass es besser wäre, wenn ich dumm bleibe. Und weißt du was? Ich habe das schon mein ganzes Leben lang erlebt. Menschen, die Entscheidungen über mich treffen und denken, sie wüssten, was gut für mich ist. Dass sie mich unterdrücken.« Eine Träne kullert über meine Wange. »Ich dachte, das sei real. Aber das ist es nicht.«

»Das stimmt nicht!« Valerian steht auf, seine Schultern sind angespannt. »Das - das hier ist echt.« Ich schnaube. »Wirklich?« Ich versuche, weitere Tränen wegzublinzeln. »Es wäre echt gewesen, wenn ihr mir die Wahrheit gesagt hättet. Aber das habt ihr nicht. Ihr habt mich ausgenutzt.«

»Marra, bitte«, murmelt Jasper. Ich kann spüren, wie sehr ihn diese Situation verletzt. Aber mich schmerzt es noch mehr. »Es war nicht so...«

»Halt die Klappe, Jasper!« schreie ich und sehe ihn zerknirscht an. »Hast du das gemeint, als du vorhin gesagt hast, dass ich mich in eurem Leben nicht wohlfühlen würde? Weil euer Leben nur aus Lügen besteht? Ist es das was normal bei euch ist? Ist es in Ordnung für euch eine Verlobung zu hintergehen, nur weil sie Geschäftlich ist? Ist es in Ordnung für euch, dass ihr dadurch Menschen verletzt?« Ich lache höhnisch auf. »Ich habe davon geredet, wie schön es ist, eure wahren Gesichter zu sehen. Dass ich mich genau in diese verliebt habe. Ich habe mich geehrt gefühlt, die wahren Männer hinter ihren neuen, teuren Anzügen zu kennen. Aber es war alles nur gelogen und falsch. Ihr habt mich an der Nase herum geführt.«

Sein Gesicht zuckt, als ob ich ihn geschlagen hätte.

Ich atme tief ein und versuche, das Zittern meiner Hände zu unterdrücken.

»Ich wusste, dass es nur ein Wochenende ist. Keine Versprechen. Keine Konsequenzen. Nur wir, keine Regeln, keine Erwartungen. Ich habe mich darauf eingelassen. Ich habe mich dem hingegeben, weil ich dachte, wir wären ehrlich zueinander.« Meine Brust spannt sich an. Sie haben mich belogen und unterschätzt, weil sie dachten, ich sei das zerbrechliche kleine Mädchen. Und das tut mehr weh als alles andere.

Ich schaue Valerian direkt an, sein Blick ist schwer, voll von unausgesprochenen Dingen. Aber das ist nicht wichtig. Es spielt keine Rolle, ob er Izabella liebt oder nicht.

»Zweckehe oder nicht. Du hast sie betrogen, Valerian. Und mich auch. Ich dachte, an diesem Wochenende geht es um drei Männer, die ihren Kopf frei bekommen müssen, um eine Frau, die endlich über sich hinauswachsen will. Aber stattdessen hast du mich zum naiven Reh gemacht und mich in eine Lüge, in eine Affäre verwickelt.«

Ich trete ein paar Schritte vor und spüre, wie sich meine Kehle zusammenzieht. »Und das Schlimmste daran?«

Meine Stimme wird leiser, bricht fast, kaum hörbar. »Ihr dachtet, ich wäre nur dieses gute, unschuldige Mädchen, das nicht weiß, was es will. Die, die immer im Schatten bleibt, die sich nie traut, aus der Reihe zu tanzen. Die kleine Marra, die zu zerbrechlich ist, um es in der Außenwelt zu schaffen.« Layton sieht aus, als wolle er protestieren, aber ich lasse ihn nicht.

»Ihr habt in mir die Marra gesehen, die alle anderen in mir sehen. Die, die ich manchmal sogar in mir selbst sehe, aus der ich aber auszubrechen versuchte, während ich dachte, ihr würdet die echte Marra sehen.«

Ich schüttle kalt den Kopf.

»Ich bin nicht jemand, den man schonen muss. Ich habe mich auf etwas eingelassen, was ich wirklich wollte. Das allerdings, offensichtlich, von Anfang an eine Lüge war. Und ich hasse Lügen.« Ich wende mich an Jasper und Layton. »Ihr habt mir dieses Wochenende schmackhaft gemacht, ihr habt mir den Mut gegeben, meine Grenzen zu überschreiten. Und gleichzeitig habt ihr mich genauso verraten, wie er es getan hat.« Mein Blick wandert zu Valerian.

»Ich dachte, ich wäre endlich frei. Ich dachte, ich wäre endlich voll und ganz gewollt. Aber ich war nur eine weitere heimliche Sünde im Leben von Valerian King.«

Ich merke, wie schwer meine Worte für sie alle sind. Aber das ist mir egal. Sie müssen mit den Konsequenzen leben. Sie haben mir das Herz aus der Brust gerissen. Noch vor ein paar Stunden hätten Jasper und Laytom die Gelegenheit gehabt, es mir im Vertrauen zu sagen.

Unsere Gespräche waren intim und von Wahrheit geprägt. Zumindest dachte ich das. Aber selbst da haben sie mich betrogen.

»Marra, es tut mir leid.«

Valerians Entschuldigung rauscht an mir vorbei, als hätte er sie gar nicht ausgesprochen. Ich starre abwesend auf die Wand hinter ihnen und versuche, mein Herz dazu zu bringen, weiterzuleben und in einem normalen, gesunden Tempo zu schlagen. »Sternchen?«

Ich antworte nicht.

Und dann reißen alle meine Nervenstränge.

Ich scheiße einfach drauf.

»Ich habe eine Diagnose bekommen, als ich sechzehn war. Vermeidende Persönlichkeitsstörung. Wisst ihr, was das bedeutet?«

Schweigen. Ich wusste es. Meine Worte liegen wie ein Schleier aus Blei im Raum. Die Männer sehen mich verzweifelt an.

»Es bedeutet, dass ich mich vor der Welt versteckt habe, weil ich immer glaube, nicht gut genug zu sein. Dass ich mich nie getraut habe, etwas zu wollen, weil die Angst vor Ablehnung größer war als alles andere. Es bedeutet, dass ich jedes Mal, wenn ich euch ansehe - als Teenager und jetzt - wusste, dass ich nie mutig genug sein würde, um das zu tun, was ich wirklich will.«

Valerian schließt kurz die Augen, Layton blickt zu Boden, Jasper presst den Kiefer zusammen. Ich lache leise, aber es klingt irr. »Bis zu diesem Wochenende.« Ich zwinge mich, die Tränen nicht wieder aufsteigen zu lassen, obwohl ich innerlich zerbreche. »Zum ersten Mal habe ich mich getraut, etwas für mich zu tun. Zum ersten Mal habe ich mich selbst überrascht. Und dann - dann macht ihr es mit einer Lüge kaputt.« Ich schaue in die Gesichter der drei Männer, die ich für meine Freiheit gehalten habe. In die ich mich verliebt habe, obwohl ich von Anfang an wusste, dass ich das nicht sollte. Die mich einen Moment lang glauben ließen, dass ich mehr sein könnte als das Mädchen, das immer nur träumt, aber nie handelt.

»Ich hätte irgendwie damit leben können, dass es nur ein Wochenende war. Aber nicht mit der Lüge. Nicht mit der Tatsache, dass ihr mich genauso unterschätzt habt wie alle anderen.«

Jasper hebt eine Hand, als wolle er nach mir greifen, aber ich weiche zurück.

Ich atme schwer. Es macht mich wütend, dass ich so viel darüber zu sagen habe, aber alles, was sie tun, ist, mich schuldbewusst anzuschauen, als würden sie diesen Schmerz einfach hinnehmen. Das kann doch nicht ihr Ernst sein, oder?

»Ich dachte, wir wären Freunde. Mehr als das.«

»Das sind wir!« platzt Valerian heraus.

»Freunde lügen sich nicht an!« Schreie ich zurück.

Stille.

Ich sehe, wie Valerian seine Hände zu Fäusten ballt, sein Kiefer ist so fest, dass er fast vibriert.

Jaspers Blick ist voll von Schuld und Schmerz. »Wir wollten dich beschützen«, sagt er leise.

Vor ihnen selbst? Vor den Lügen und dem Betrug, den sie selbst verursacht haben? Ich schüttle den Kopf. »Aber warum versteht ihr denn nicht? Ich brauche keinen Schutz. Ich brauche Ehrlichkeit. Ich brauche Menschen, die mir sagen, was Sache ist, anstatt mich wie ein dummes, ahnungsloses Ding zu behandeln.« Valerian reibt sich das Gesicht. »Marra, es tut mir so leid. Das ist alles meine Schuld. Bitte...« Er hält inne und schluckt schwer. »Bitte lass uns das richtig klären. Lass das Wochenende nicht so enden. Du bedeutest uns mindestens genauso viel wie wir dir.« Ich schlucke schwer und lehne mich gegen die kalte Zimmertür.

»Ich kann nicht. Ich kann nicht mit Menschen wie euch in einer Welt leben, die so ... falsch ist. Eine Welt, die mich immer wieder zerstört. Jasper hatte absolut Recht.« Mein Herz tut weh. Meine Brust fühlt sich an, als würde sie gleich zerspringen. Jeder Atemzug ist schwer und fühlt sich an, als würde immer wieder neu ein Gewicht dazu kommen, das meine Lunge zusammenpresst. Mein Körper fühlt sich taub und benommen an, hinter meiner Stirn pocht es. Ich würde gerne zulassen, dass meine Beine unter mir nachgeben, damit ich einfach auf den Boden falle und mich nicht mehr halten muss. Aber mein Körper fühlt sich verkrampft an, wie in der Position verharrt. Ich kann keinen Muskel mehr bewegen und keinen Finger heben.

Valerian steht auf, fährt sich verzweifelt über sein Gesicht. Ich bleibe stehen, sehe ihn an - nicht in der Lage etwas anderes zu tun. Der Schock legt sich tief auf meine

Knochen und hindert mich daran, irgendeine Reaktion zu zeigen.

Mein Herz hört auf zu schlagen.

»Ich liebe dich, Marra Flores. Ein Teil von mir hat nie aufgehört. Ich habe diese Stadt verlassen, weil ich ein Feigling war, weil ich nach etwas gesucht habe, das mir Mut macht. Nach all den Jahren hierher zu kommen und dich wiederzusehen, hat etwas in mir geweckt. Mein letzter Funke Menschlichkeit ist wieder aufgeflammt. Und ich habe nicht eine Sekunde gezögert oder nachgedacht. Ich wollte dich mehr als alles andere, Sternchen, und ich will es immer noch. Es tut mir leid.« Ich kann ihn nicht ansehen, es tut zu sehr weh.

Ich wünschte, ich könnte seinen Worten glauben. Aber selbst wenn ich es täte, würden sie nichts ändern, oder?

»Seit ich dich wiedergesehen habe, denke ich an nichts anderes mehr als an dich. Du bist alles, wonach ich mich sehne, und du bist alles, was ich in meinem Leben bei mir haben will. Du bist Diejenige, die ich brauche. Nicht wegen deines Körpers oder deines Aussehens. Sondern wegen der Art, wie du bist. Wegen der Art und Weise, wie du mich immer gesehen und geliebt hast, ohne mich wirklich zu kennen. Du bist so rein und schön, dass es mir unglaubliche Angst macht. Und es tut mir leid, dass ich so ein Feigling war und diese Chance ruiniert habe.«

Ich lasse Valerians Worte auf mich wirken und es scheint, dass die anderen das auch tun. Ich habe einen

Kloß im Hals, der nicht weggeht, egal wie oft und wie fest ich schlucke. Und das Brennen in meinen Augen wird auch nicht weniger. Ich möchte ihn für diese Worte lieben. Ich will bei ihm bleiben, ich will ihm dieses ganze Drama verzeihen. Ich will mit ihm, Jasper und Layton nach New York gehen.

Aber das ist nicht das, was ich für mich selbst wähle. Scheiß drauf, ich entscheide mich für *mich*. Das ist es, was ich von Anfang an hätte tun sollen. Egal, wie schmerzhaft es ist.

Ich habe meine Lektion gelernt.

Ich entscheide mich nicht für Layton Reed.

Nicht für Jasper Bailey.

Und auch nicht für Valerian King.

Und schon gar nicht für New York.

Ich entscheide mich für *mich*.

»Wir hatten nie eine Chance, die du ruinieren konntest.« Meine Stimme ist kühl und emotionslos, als ich meinen Blick hebe. »Du hast eine Verlobte zu Hause, die auf dich wartet.« Valerians Blick bricht. Er sieht mich mit all dem Schmerz und dem Selbsthass an, den er in sich tragen muss. Plötzlich empfinde ich nur noch Mitleid. Er hat eine Verlobte, die er nicht liebt. Er hat die Frau verloren, für die er wirklich Gefühle hat und die auch in ihn verliebt ist. Und das hat er sich selbst zuzuschreiben. Trotz allem löst sich der letzte lebendige Teil meines Herzens auf, wenn ich ihn so gebrochen und zerstört sehe. Sein Blick fleht mich an.

Bitte nicht.

Aber ich wende mich ab und schaue zu Layton.

Er versucht, mir ein tapferes Lächeln zu schenken, strafft die Schultern. Aber ich kann die Traurigkeit und Müdigkeit in seinen Augen sehen. Sie leuchten nicht, sie sehen tot aus. »Es tut mir leid, dass ich dich im Stich gelassen habe, kleine Mar.« Ich schlucke schwer und schaue zum Letzten.

Jasper scheint verstanden zu haben, was ich in meinem Kopf beschlossen habe. Er war schon immer der Beste darin, mich zu verstehen. Seine Augen glänzen - ein Zeichen dafür, dass auch er zu Tränen gerührt und tief verletzt ist. Aber dann nickt er mir schwach zu. Er ermutigt mich in meiner Entscheidung. Und trotz meiner Wut bin ich ihm unendlich dankbar.

Ich schaue sie an, die drei Männer, die mir mehr bedeuten als jeder andere in meinem Leben. Und dann sage ich die Worte, die mir alles nehmen werden.

»Ich gehe.«

Und keiner hält mich auf.

Epilog

Layton

D ie Fahrstuhltüren unseres Penthouses schließen sich hinter uns und Jasper schmeißt seine Reisetasche von sich. Sie schlittert über den glatten Boden, bis sie gegen die Wand knallt und dort liegen bleibt.

Mit schnellen Schritten wirbelt er durch die Wohnung, läuft von Raum zu Raum, als würde er in seinem Kopf Ordnung schaffen. Ich laufe gemächlich in die helle Küche, nehme ein Glas aus dem Schrank und fülle es mit kaltem Wasser auf. Dann lehne ich mich gegen die Theke und nehme einen Schluck.

Wir haben auf dem Rückflug kein Wort gesprochen. Es gibt auch nicht viel zu sagen. Es gibt keine Erklärung für das, was vor wenigen Stunden geschehen ist.

Ich denke an Valerian zurück, der mit kalten und gebrochenen Augen Marra dabei zugesehen hat, wie sie ihre Sachen gepackt und die Hütte verlassen hat. Sie hat kein einziges Mal zu ihm gesehen. Ich bin betrunken. Habe mir auf dem Flug so viel Alkohol gekauft, dass ich es nicht an zwei Händen abzählen kann. Nicht einmal an vier.

»Verfluchte Scheiße«, brüllt Jas und das nächste was ich höre, ist eine von den teuren Vasen, die auf den Boden donnert. Scherben zischen über den Boden.

Er tritt wieder in mein Blickfeld, die Haare zerzaust und der Blick zerrissen. In der Mitte des Raumes stehen sich zwei Ecksofas gegenüber, mehrere Hocker und kleine Glastische dazwischen. Dahinter führt eine Treppe in das obere Stockwerk. Er lässt sich auf einem der Sofas fallen, lässt den Kopf nach hinten sacken und vergräbt das Gesicht in den Händen.

Ich trinke noch mehr Wasser.

Mein Schädel pocht betäubt und meine Sicht ist leicht verschwommen.

Wie konnte es so weit kommen? Wie konnte ich zulassen, dass wir sie so sehr verletzen? Ich war mir dem Ausmaß dieses Geheimnisses nicht bewusst. Mir war nicht klar, dass es überhaupt relevant ist. Aber Marra hatte mit allem recht - jedes ihrer Worte ist wie eine Backpfeife der Realität gewesen. Mein Herz verkrampft sich und ich schließe traurig die Augen.

Jasper nimmt die Cap von seinem Kopf und schleudert sie gegen die nächste Vase. Auch diese zerbricht in tausend Teile.

Er hat mich vorgewarnt. Hat mich gefragt, was wir tun, wenn es doch zu unserem Problem wird. Ich wollte nicht glauben, dass Marra wirklich bereit für mehr wäre. Aber die ganze Atmosphäre hat sich geändert. Es waren Gefühle im Spiel. Es waren Worte und Empfindungen für jeden von uns.

Ich habe nicht daran geglaubt, dass uns dieses Wochenende ein Verhängnis wird. Er hat mich gewarnt. Und ich war dumm, völlig geblendet.

Marras Gefühle sind unser Problem, denn wir haben den Schmerz verursacht. Sie war bereit bei uns zu bleiben. Egal, wie schwer es geworden wäre, einen Versuch ist es immer wert. Aber wir haben alles zerstört.

Es ist nicht Marra, die naiv und unbedacht denkt.

Wir sind es.

Ich, wir sind naiv. Weil wir dachten, dass wir damit durchkommen. Weil wir dachten, dass es nicht der Rede wert ist.

Ich schüttle stumm den Kopf.

Oh - wie falsch wir doch lagen.

Schritte erklingen auf dem marmorierten Boden und eine Frau tritt ans Treppenende des Obergeschosses. Ihre braunen, langen Locken hängen ihr bis zur Hüfte, die braunen Augen trüb und ausdruckslos. Sie ist nicht geschminkt, frisch gemacht fürs Bett. Sie trägt ihren seidenartigen, champagnerfarbenen Schlafanzug -

bestehend aus, bis auf die letzten zwei Knöpfe, offenem Hemd und kurzer Hose.

Ihre nackten Füße tapsen die Stufen hinunter, ihre Haut weich und makellos, wie immer. Die Fußzehen lackiert, die Fingernägel manikürt, die Lippen mit cremigem Balsam gepflegt.

»Wo ist er?« Ihre Stimme ist harsch und ich kann die Wut und Enttäuschung darin erkennen. Izabella ist Jas und mir über die Jahre eine gute Freundin geworden. Vielleicht sogar eine beste Freundin. Der Verrat trifft sie nicht nur von Val, sondern auch von uns.

Es ist ein ähnliches Gefühl, wie bei Marra.

Nur, dass ich Izabella nicht liebe. Nicht so, wie ich Marra zu lieben gelernt habe.

Jasper erhebt sich wütend von der Couch und schüttelt ungläubig den Kopf. Sie bleibt am Treppenabsatz stehen, die Arme vor der Brust verschränkt, ihre Augen mustern und analysieren. »Ihr seid betrunken«, stellt sie fest und ihre Stimme ist noch verbitterter, als zuvor.

Ich will sie nicht verärgern, will ihr nicht in den Rücken fallen. Aber für beides ist es längst zu spät und ich bin nicht in der Lage, noch irgendetwas zu sagen. Wir haben versagt.

»Ich frage ein letztes Mal. Wo ist er?«

Ich sehe hilflos zu Jas. Er bleibt vor der riesigen Fensterfront stehen und sieht auf New York, die Augen glänzend, die Brust verspannt. »Er ist nicht hier.«

Sie lacht höhnisch auf. »Das sehe ich selbst, vielen Dank liebster Sherlock Bailey.« Jasper scheint zur Vernunft zu kommen und wirft ihr einen entschuldigenden Blick zu.

Er ist verzweifelt.

»Er ist dort geblieben«, sage ich brummend und komme aus meiner sicheren Höhle, der Küche.

»In Asheville?« Ich nicke. Sie holt tief Luft, zittrig und verwundert. Ihre Stirn liegt in Falten, ihr Körper bebt ein wenig.

Aber sie sagt nichts mehr. Sie sieht zwischen Jas und mir hin und her, scheint genau zu überlegen, was sie als nächstes macht. Dann setzt sie sich auf die Couch und deutet uns, zu ihr zu kommen. Ich taumle und räuspere mich, um ein wenig Kontrolle zurückzuerlangen. Dann lasse ich mich gegenüber von ihr fallen. Jas neben mir. Sie sieht uns an, wie eine besorgte aber wütende Mutter ihre Kinder, die Hände sanft in den Schoß gelegt.

Dann schluckt sie hart. »Geht es euch gut?«

Ich bin überrascht von dieser Frage.

Was Valerian gesagt hat, stimmt. Er und Iza sind aufgrund ihres Status verlobt. Nach einigen Jahren einer tollen Freundschaft, war es das logischste für beide. Sie hegen tiefe Gefühle füreinander, das möchte ich gar nicht abstreiten, aber es sind nicht die, die ein Ehepaar empfinden sollte. Izabella schuldet ihm nichts und sie hat sich trotzdem darauf eingelassen, weil sie ihrem besten Freund helfen wollte.

Sie hat viel für ihn aufgegeben. Ich kann ihre Wut gegenüber diesem Verrat gut verstehen. Sie fühlt sich betrogen und das zu Recht.

Und jetzt ist der Übeltäter nicht einmal hier, um sich selbst vor ihr zu erklären oder bei ihr zu entschuldigen.

Und sie interessiert sich trotz allem, für *unser* Wohlergehen?

Ich seufze schwer. »Wir fühlen uns schlecht. Wegen vielen Dingen.«

Sie zuckt mit den Schultern. »Das ist nichts Neues, ihr macht ständig irgendeine Scheiße. Aber ich frage euch, geht es euch *gut*?«

Jas schüttelt den Kopf.

Sie neigt den Kopf.

»Und geht es ihm gut?«

Ich werfe Jas einen Blick zu und presse die Lippen fest aufeinander. Val geht es nicht gut.

Er ist dort geblieben, versucht um etwas zu kämpfen, das er längst verloren hat. Das Spiel ist vorbei, alle Schachfiguren sind gestürzt.

Jas schüttelt wieder den Kopf.

Izabella nickt knapp und lässt ihre Fingerknöchel knacken. Dan schnaubt sie und lehnt sich zurück, ihre Locken umrahmen ihr Gesicht, wie ein Kunstwerk der Liebe. Sie ist Sizilianerin, aufbrausen und temperamentvoll - aber genauso leidenschaftlich und liebevoll. Doch davon sehe ich gerade nichts. Sie hat eine perfekte Maske aus Abneigung und Desinteresse aufgelegt, sieht uns abwertend an.

»Gut. Und ihr könnt euch sicher sein - ich werde dafür sorgen, dass es euch für eine Weile noch schlechter gehen wird.«

Danksagung

Bücher zu schreiben ist ein anstrengender, chaotischer, nervenraubender und oft herzzerreißender Prozess - aber es gibt Menschen, die ihn weniger dunkel machen.

Genau diesen Menschen möchte ich danken, denn sie haben mir die letzten Monate um einiges einfacher gemacht.

Zuerst danke ich meiner Familie, meiner Mama Conny, die sich immer wieder meine Ideen und meine Geschichten über neue Bücher anhört, ohne sich darüber zu beschweren. Meinem Papa, Chrissi, der trotz seiner unkreativen Ader und seinem stressigen Job immer Zeit findet, um mein Geplapper zu ertragen. Ihr habt die Unordnung in meinem Zimmer und mein ständiges Verschlafen ausgehalten, wenn in meinem Kopf mal zu viel Chaos herrschte, um mich auf andere Dinge einzulassen. Ohne euch und eure Unterstützung wäre dieses Buch nur ein Wollkneul aus wirren Gedanken geblieben. Eine Bitte habe ich jedoch: ich bin immer noch eure kleine Prinzessin. Überspringt bitte einfach die... Szenen. :)

Ein riesiges Dankeschön geht an Michelle, meine unermüdliche Testleserin, die mir gnadenlos Feedback gegeben und mich auf ihren Social Media Kanälen angeworben hat. Ich bin so dankbar dich kennengelernt zu haben! Auch meinen privaten Freundinnen möchte ich danken, denn sie haben immer wissbegierig nachgefragt, ob es denn schon Neuigkeiten gibt und haben mich unfassbar aufgebaut und unterstützt! Laura, die mit mir den Grundbaustein dieser Geschichte gesetzt hat. Oumaira, Emana und Lilith, die immer mindestens genauso aufgeregt und begeistert waren wie ich, wenn mein Projekt zur Sprache kam. Last but not least - Selin, mit ihrer unglaublichen, künstlerischen Begabung. Sie hat mir geholfen Szene visuell darzustellen und ist viele Ideen mit mir durchgegangen. Danke für deine Unterstützung!

Meinen Leser:innen - besonders denjenigen, die sich für die Dunkelheit interessieren - danke ich besonders. Eure Unterstützung auf TikTok und Instagram helfen mir gewaltig und bedeuten mir mehr, als ich je in Worte fassen könnte.

Und schließlich: Danke an meine Charaktere, die mich stundenlang wach gehalten und an meinem eigenen Verstand haben zweifeln lassen, bis ihre Geschichte fertig erzählt wurde. Oder... auch nicht ganz so fertig.

Mit dunkler (aber ganz süßer) Liebe,
Amaya Lowell

Trigger-Warnung - Hinweis zum Inhalt

Diese Novelle enthält reifen und potentiell verstörenden Inhalt, der für erwachsene Leser (18+) gedacht ist.

Bitte beachte, dass Don't Look Back Darstellungen enthält von:

- Einvernehmliche, aber explizite sexuelle Inhalte (einschließlich Intimität in der Gruppe)

- emotionale Manipulation

- Themen der psychischen Gesundheit (einschließlich vermeidende Persönlichkeitsstörung)

- Verrat und Geheimniskrämerei in engen Beziehungen

- zeitweise emotional unausgewogene Dynamik

- Hinweise auf Drogenkonsum (Alkohol, Zigaretten)

- Themen wie Verlust, Identität und innere Konflikte

Während alle sexuellen Inhalte einvernehmlich sind, kann das emotionale Umfeld intensiv und vielschichtig sein.

Wenn du empfindlich auf eines der oben genannten Themen reagierst, lese bitte mit Vorsicht. Dein Wohlbefinden ist wichtiger als jede Geschichte.

Lust auf mehr?

Checkt gerne all meine Social Media Kanäle ab, um immer auf dem Laufenden zu bleiben - denn es wird noch eine Menge auf euch zukommen! Das ist ein Versprechen. Vielen Dank für eure Unterstützung!

Instagram:
@amayalowellauthor
@rewikanempire

TikTok:
@amayalowell
@rewikanempire

Pinterest:
@amayalowellauthor

bio.site/lowellworld

Du brauchst eine Coverdesignerin? Dann habe ich da vielleicht auch was für dich.
@mariellalowell - TikTok
@mariellalowelldesign - Instagram